物語のティータイム

お菓子と暮らしとイギリス児童文学

北野佐久子
Sakuko Kitano

岩波書店

ティータイムをはじめる前に

今思い返すと、私は外国の物語を読む時、その筋書きだけでなく、そこに描かれている外国の生活を彩るささやかなことを「何だろう？」と思って読むような子どもでした。それはお菓子であったり、ハーブや植物の名前であったり、地名であったりしたのです。小学生の時、夢中で読んだ「赤毛のアン」シリーズの中で、初めて知ったラベンダーもそのひとつです。シーツを香らせる良い匂いの花とはいったいどんなものなのだろう、と想像したものでした。

大学で、吉田新一先生のもと、児童文学を学ぶようになってからイギリスの児童文学の風土性ということを教えていただきました。ビアトリクス・ポターをはじめ、作者が暮らした生活、自然、場所、そうした風土に触れてこそ、その作品世界を本当に理解できるということを。

しだいに、イギリスで暮らしたら、私の中に大きくなっていたいくつもの謎を解くことができるかもしれない、イギリスでどうしても暮らしてみたいという気持ちがふくらんでいったのです。ハーブ留学と称して二〇代に一年ほど暮らしたイギリスは、まさにその謎解きの日々でした。

「そういうことだったのか！」と思う、答えがまるで宝石のように生活の中にちりばめられ、輝いていました。そして、ファンタジーがイギリスでは日常の中にある、ということも肌で感じとれたのでした。

名作に描かれた言葉の、その背景に秘められた世界を私が驚きをもってひもといたこと、その悦びを、ティータイムを楽しむように味わい、ご一緒していただけたら、これほどうれしいことはありません。

北野佐久子

目次

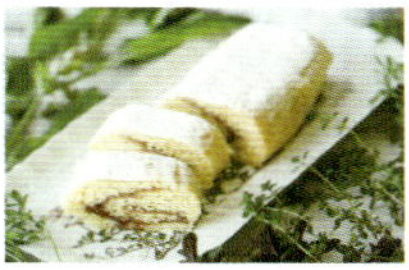

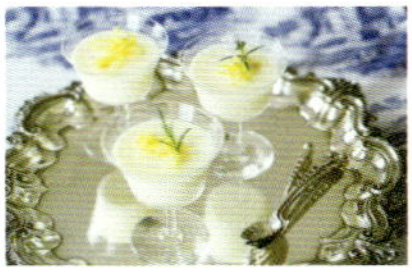

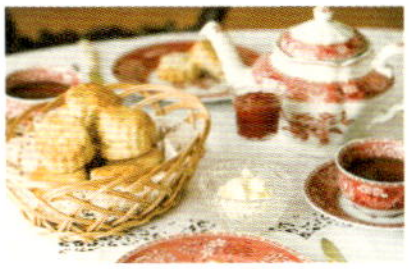

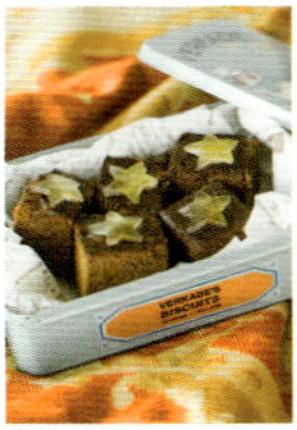

カバー・レシピ写真……濱津和貴　本文写真……北野佐久子

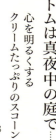

物語の舞台となった場所

❶ ライオンと魔女……ナルニア国
❷ たのしい川べ……クッカムディーン
❸ 秘密の花園……ノース・ヨーク・ムアズ
❹ リンゴ畑のマーティン・ピピン……サウス・ダウンズ
❺ クマのプーさん／プー横丁にたった家……ハートフィールド
❻ ツバメ号とアマゾン号……コニストン
オオバンクラブ物語……ノーフォーク・ブローズ
❼ 時の旅人……デシック
❽ ピーターラビットの絵本……ニア・ソーリー
❾ トムは真夜中の庭で……グレート・シェルフォード
❿ くまのパディントン……ロンドン
⓫ 風にのってきたメアリー・ポピンズ……ロンドン

ライオンと魔女

白い魔女の魅惑のお菓子、ターキッシュ・ディライト

THE LION, THE WITCH AND THE WARDROBE, 1950

子どもたちにとって、狭くて、暗いところはなぜか心魅かれる場所です。私にも押し入れに隠れたり、そこを秘密基地のようにして遊んだりした懐かしい思い出が、遠い記憶のなかに残っています。

「ナルニア国ものがたり」は、押し入れならぬ「衣装だんす」の向こうに存在するナルニアという国が生まれてから消えるまでの七巻にわたる壮大な物語。

大きな屋敷の中のがらんとした部屋の片隅に置かれた洋服ダンス。そのコートや洋服がずらりとかけられた向こう側の暗闇、そこがナルニアという国につながっていたのです。

第一巻『ライオンと魔女』では、ピーター、スーザン、エドマンド、ルーシィという四人の兄妹が、洋服ダンスを通り抜け、ナルニア国復活のために活躍します。

そのファンタジーの設定が自分の体験と重ね合わせて考えると、なんとも身近に感じられます。あたかも自分にも起こったことのように、その世界にのめりこみ、ナルニア国を旅をしているような不思議な感動をおぼえるのです。

ナルニア国ものがたり1
『ライオンと魔女』

C. S. ルイス 作　**瀬田貞二** 訳
ポーリン・ベインズ 絵

ピーター、スーザン、エドマンド、ルーシィの4人兄妹が入りこんだ衣装だんすは，ふしぎの国「ナルニア」へとつづいていました。子どもたちは正義のライオン、アスランとともに邪悪な白い魔女に立ち向かいます。（岩波少年文庫、1985年）

物語の冒頭、たった一人でナルニア国に迷いこんだ末っ子のルーシィは、隠れて遊んでいたタンスを通り抜けた途端、街灯がポツンと灯《とも》る、真っ白い雪におおわれたところに来てしまったことに驚きます。そこで、上半身は人間で、下半身はヤギの姿をしたフォーン、タムナスさんに出会います。

「これからわたしのところへお茶を飲みに、いらっしゃいませんか？」という誘いに、戸惑いながらも付いていくルーシィでした。

「お茶にいらっしゃいませんか？」と誘われたらそれは、「お友達になりましょう」というのと同じこと。気が合いそうだな、と思ったら、イギリスではまずはお茶に招待して、語り合い、お互いを知ることによって、親しさを深めるのです。私にも今まで受けたお茶の誘いの数だけ、友人の顔が浮かびます。

タムナスさんの家は、岩穴に作られた、居心地よくきちんと整えられた家でした。家に着くと、タムナスさんは鉄びんを火にかけ、さっそくお茶の準備にとりかかります。

やわらかくゆでたきれいな茶色の卵がめいめいに一つずつ出ましたし、トーストは、小イワシをのせたもの、バターをぬったもの、ミツをつけたものがありました。そのつぎには、砂糖をかけたお菓子が出てきました。

――『ライオンと魔女』

タムナスさんのお茶のテーブルを思わせる、砂糖衣のかかったケーキ

ルーシィが招かれたタムナスさんの部屋。すてきなお茶のおもてなしにルーシィの心は和む
『ライオンと魔女』より（ポーリン・ベインズ絵）

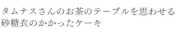

ゆで卵、甘辛のトースト、そして砂糖をかけたお菓子。英文ではこの砂糖をかけたお菓子は、砂糖衣をのせたケーキ(sugar-topped cake)というケーキの一種になっています。タムナスさん手作りのケーキだったのでしょうか？

この温かいお茶のおもてなしに、ルーシィの不安は消え去り、お腹いっぱいになるまで楽しむのでした。

タムナスさんからは、このナルニア国が冷酷な白い魔女によって春を奪われ、百年もの長い間冬に凍えていること、いつも冬なのにクリスマスにはならないことを聞かされます。

そして、このおもてなしが友人のふりをしてルーシィを捕まえ、白い魔女に引き渡すための罠だったことを涙ながらに告白するタムナスさんの姿が描かれます。お茶をともにした友人であるルーシィを、彼の良心は裏切ることができなかったのです。タムナスさんは自分がしたことを激しく後悔します。そして、白い魔女に知らせが届かないうちにルーシィを助けようと、彼女を二人が出会った街灯のところに連れていき、無事にもとの世界へ送り届けるのです。

「そちがいちばんすきなものは、なんじゃ？」

「プリンでございます、女王さま。」

するとたちまち女王は、おなじびんから、雪のなかへまた一しずくたらしました。するとたちまち、緑色の絹のリボンでしばった、まるい箱が一つあらわれ、それ

「プリン」と訳されたお菓子、
ターキッシュ・ディライト

ウェールズ地方生まれのチーズトースト
「ウェルッシュ・レアビット」。
ビールでチーズを溶かして作る

をひらくと、おいしそうなプリンがどっさりでてきました。どのプリンもふわふわして、あまくて、これ以上おいしいものをエドマンドは食べたことがありませんでした。

妹のルーシィ同様、洋服ダンスを通り抜けてナルニア国にやってきたエドマンド。一面雪景色の中をトナカイが引くそりに乗ってやってきた白い魔女に出会います。そしてたくさんの「プリン」をごちそうになるわけですが、この「プリン」には「魔法がかかっていて、一度食べたら、ますます食べたくなってたまらないし、どしどし食べていいことになろうものなら、食べても食べても食べたりなくなって、ついには死んでしまう」という、恐ろしい「魔女の食べ物」だったのです。

じつはこの「プリン」、原文では「プリン」ではなく、ターキッシュ・ディライト(Turkish Delight)となっています。訳者の瀬田貞二氏は、あとがきで「またなじみのない品物、たとえばターキシュ・ディライトという菓子などは、ことさらにまったくちがったプリンに移しかえたことがある点は、ことわっておきましょう。」と説明しています。エドマンドをこれほどまでに魅了してしまう、美味しいお菓子ということで、読者である子どもがイメージしやすいような食べ物に置きかえたということですから、それは訳者のなによりの思いやりに思えます。

すでに私は大学生になっていましたが、プリンがターキッシュ・ディライトだとわかってからというもの、謎めいたその言葉の響きにも魅かれ、ターキッシュ・デ

フォートナム・アンド・メイソンで売られている
ターキッシュ・ディライト

ィライトとは、いったいどんなお菓子なのだろう、と長い間空想し続けました。イギリスに行って、はじめてターキッシュ・ディライトが売られているのを見た時には実物に出会えたうれしさで、思わず「わーっ」と、叫び声をあげてしまったほどでした。イギリスの田舎にある、キャンディー・ショップと呼ばれる店で、ガムやアメ玉に混じって、ターキッシュ・ディライトの箱が並んでいたのです。バラ味とレモン味の詰め合わせでした。食べてみると、求肥《ぎゅうひ》のような、ゼリーのような味わいの、甘く柔らかいものでした。なるほど、これがエドマンドを魅了したお菓子なのだと、ゆっくりと味わい、かみしめました。くっつかないように、白い粉がまぶしてあるので、食べると口の周りが白くなったりします。

ロンドンの老舗デパート、フォートナム・アンド・メイソンでは、今もガラスケースのなかにおしゃれに盛り付けられたいろいろな味のターキッシュ・ディライトが売られています。バラ味やレモン味の定番のものからピスタチオなどのナッツが入ったものまでいろいろな種類があり、量り売りで買えるようになっているので、選んで味わえるのが楽しいのです。もちろん定番である箱詰めのものも売られています。

そもそもこのお菓子は、ロクム(lokum)と呼ばれるトルコの伝統的なお菓子です。最初にこのお菓子を作ったのは、一七七六年にアナトリア(トルコ共和国の大部分を占める、北を黒海、東をアルメニア高地、西をエーゲ海、南を地中海に囲まれた地域。アジアの最西部で、古代より多くの文明の発祥地となった)からイスタンブールにやってきた菓子職

フォートナム・アンド・メイソンで売られている
箱詰めのターキッシュ・ディライト

人、ハッジ・ベキルだという説があります。

このお菓子がイギリスにもたらされた一八五〇年頃は、ランプス・オブ・ディライト(lumps of delight)と呼ばれていたことから、チャールズ・ディケンズは、『エドウィン・ドルードの謎』(一八七〇年)という作品の中でこのお菓子を売る店を「ランプス・ディライト・ショップ」として登場させています。その後、今のように「ターキッシュ・ディライト」(トルコの喜び)と呼ばれるようになりました。主材料のコーンスターチと砂糖を溶かしたシロップを合わせ、火を加えながら練り上げて作りますが、定番であるバラ水やピスタチオが、なんとも異国情緒あふれる、トルコらしい風味をこのお菓子に与えます。

ついに兄妹四人全員でナルニア国に来る時がやってきました。もちろんそれには古い洋服ダンスを通り抜けていくことになるのですが、今度はフォーンにも白い魔女にも出会うことはありませんでした。その代わり、一羽のコマドリが四人の道案内役として登場するのです。コマドリは英語ではロビン、ヨーロッパコマドリともいわれ、体長は一二〜一四センチメートルと小さく、雌雄同色、顔から胸にかけて鮮やかなオレンジ色なのが特徴です。白い魔女に立ち向かおうとしているビーバー夫妻の家まで、このコマドリが四人を導き、連れていくのです。

民間伝承によると、コマドリの胸に生える羽毛が赤いのは、イエス・キリストの額から茨のとげを抜こうとして救い、主の血に染まったためとも伝えられます。こ

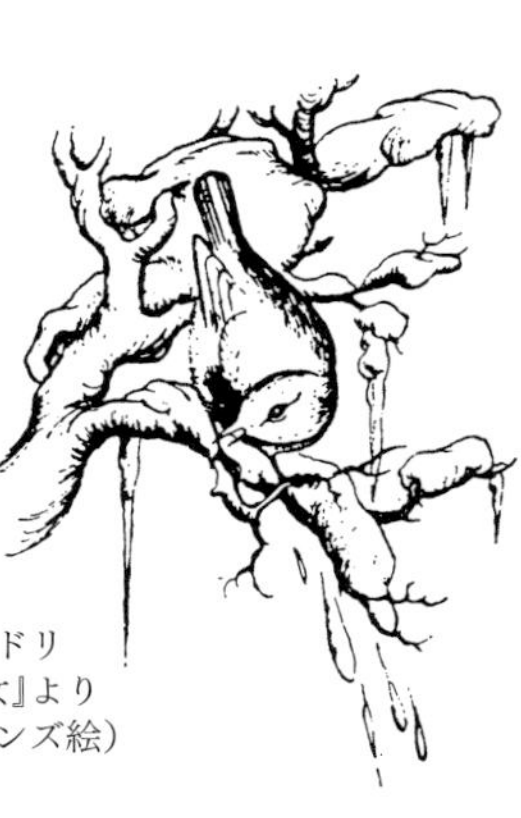

一同を導くコマドリ
『ライオンと魔女』より
(ポーリン・ベインズ絵)

のロビンには、他にも数々のキリストにまつわる伝承があり、キリスト教美術にはよく描かれ、クリスマスカードの絵柄をはじめ、クリスマスに欠かせないお馴染みの鳥です。児童文学にもよく登場する鳥で、『ピーターラビットのおはなし』にはお話にこそ登場していませんが、ピーターを見守る母親のような存在として挿絵に描かれています。また、『秘密の花園』でも、いつも主人公のメアリのそばにいて、閉ざされていた庭へと導いてくれる存在です(本書三一頁参照)。

コマドリの案内で無事にたどり着いたビーバー夫妻の家は、大きなハムのかたまりや玉ねぎが天井から下がり、ジャガイモがぐつぐつ煮え、やかんが音をたてている、温かい場所でした。凍えるような外の景色とはなんと対照的でしょう。

ビーバーさんが魚を氷の穴に取りに行き、奥さんとルーシィたちはパンを切ったり、テーブルを出したり、食事の準備にかかります。フライパンがジュージューいい出した頃、ビーバーさんの取ってきたばかりの魚をフライにして、付け合わせは粉ふきいもにバター。粗い織りの、きれいに洗われたテーブルクロスの上にはクリームのようなミルクまで子どもたちのために用意されます。

こうしてみんながさかなを食べおわったころ、ビーバーおくさんが、まったく思いがけないごちそうをオーブンからとりだして、やかんを火にかけました。それはすてきにねとねとする大きなマーマレード菓子で、やきたての湯気をほかほかたてていました。みんながこのマーマレード菓子を食べおわったころ、

コマドリの絵柄の
クリスマスカード

クリスマスのオーナメントにも使われる
コマドリ

お茶がわいて、それぞれにつがれました。

マーマレード菓子とは原文では、マーマレード・ロール(Marmalade Roll)と書かれたお菓子で、いろいろな説がありますが、別名マーマレード・ローリー・ポーリーと考えられるお菓子です。ビアトリクス・ポターの『ひげのサムエルのおはなし』で、「ねこまきだんご」として登場するローリー・ポーリー・プディングと同じものですが(本書九七頁参照)、巻いてあるジャムがマーマレードであるところがちがいます。いわゆるイギリスのオールドファッションのお菓子で、オーブンから出したばかりの熱々で、マーマレードがとろりとスポンジにとろける味わいは、まさしくこの寒いナルニア国ではぴったりというわけです。見知らぬ土地にやって来て、心細い子どもたちにとって、この温かいデザートがどれほど安心を与え、ほっとさせたことでしょう。ビーバーの奥さんの優しい人柄を表すお菓子です。そしてこの輝くような、太陽を思わせるマーマレードの色合いこそが、ナルニア国の未来をほのめかしているように思えてなりません。

ナルニアの住人が待ち望むもの。それは美しいナルニア国を作った「ライオン王、偉大なライオン」であるアスランの帰還と、ナルニアを救うといわれる二人のアダムの息子と二人のイブの娘の出現です。その四人がケア・パラベルというお城にある王座に就けば、白い魔女の時代は終わり、魔女も滅びると言われてきたのでした。ビーバー夫妻は、そのアスランが今ナルニアに戻っているという知らせを受け、こ

マーマレード・ロール

の四人の兄妹こそがその王座に就く四人だと信じ、厚くもてなしたのでした。
テーブルを囲み、お茶を飲み、食事をともにしたことで、ビーバー夫妻と子どもたちにはつい先ほど出会ったばかりであるというのに、ナルニアを取り戻すために白い魔女に立ち向かう、同志としての強い仲間意識が生まれたようです。それは、まるで『ホビットの冒険』に描かれる、財宝を取り返すために壮大な旅に出る前に開かれたお茶会にも似ています。

「これは、雪どけではありません。」小人がふと立ちどまって、いいました。「これは、春でございます。どういたしましょう。あなたさまの冬は、たしかにほろぼされましたぞ！　アスランのしわざでございます。」

雪がとけ、そりを使うこともままならなくなり、歩かねばならなくなった小人がとうとう耐えかねて、白い魔女に春の訪れという事実を告げる場面です。途中で、サンタクロースにもらったというプラムプディングを食べる人々に会って、衝撃を受けます。魔女の力が弱まり、サンタクロースの訪れとともに、クリスマスがとうとうやってきたことを思い知らされたのです。
世の中に光をもたらしてくれる存在である、イエス・キリストにも喩《たと》えられるアスランの出現によって、ナルニア国に生命力の象徴ともいえる春が訪れたのでした。キンポウゲ、マツユキソウ(スノードロップ)、クロッカス、サクラソウといった春を

まだ寒いうちから春の訪れを告げるように
咲くマツユキソウ
『ライオンと魔女』より(ポーリン・ベインズ絵)

告げる花々が、長い間雪におおわれていた大地からいっせいに芽を出し、花をつける様子はこの上ない喜びにあふれています。

鳥はさえずり、木々は新緑におおわれ、そよ風はかおり、黄色の花が咲き乱れる――。それはまさしく、イギリスの春の訪れを彷彿《ほうふつ》とさせる美しい場面です。凍《い》てつくような厳しい冬の寒さを耐え、緑の芝生一面おおい尽くすように咲き乱れる、キューガーデン（王立植物園）の紫色のクロッカスの花々、散歩に出かけた野原で足元に咲いていた一輪の愛らしい、黄色のプリムローズやカウスリップを見つけて喜んだことが、読みながらも私の中には映像のようによみがえってきました。

あらためて春の営みすべてに感謝すべきことを感じさせてくれる情景です。

この物語の作者であるC・S・ルイスは、オックスフォード大学のフェロー（特別研究員）の英文学者であり、作家、宗教家として著名な人物で詩をはじめ、キリスト教に関する著作を多く残しています。その中で唯一の児童文学であるこの物語を、面白い話を書こうと目指したと語っています。キリスト教的な面はあとから加わったことだと。

この物語の四人兄妹の生きる時代は、第二次世界大戦のさなかで、ロンドンから空襲をさけて「片田舎に住むある年よりの学者先生のおやしき」に疎開したことから始まります。その学者先生、カーク教授がいかにも作者であるC・S・ルイスを思わせます。

カウスリップ

春を告げるプリムローズ

キューガーデンのクロッカス

実際のところ、第二次大戦の勃発直後の一九三九年の秋、ルイスが住むオックスフォードの郊外、キルンズはロンドンからの疎開児童を引き受けていました。その子どものひとりが寝室にある古いタンスの後ろには何があるのか、とルイスにたずねたといいます。「この質問もまた、『ナルニア国ものがたり』の創造に貢献する火花としてはたらいたのではないだろうか」(『ナルニア国の父 C・S・ルイス』)というのです。

退屈している子どもたちの慰めになれば、と物語を書き始めたとのことですが、途中でそれは中断してしまいました。ルイスが「ナルニア国ものがたり」の一巻目となる『ライオンと魔女』の執筆を本格的に始めたのはそれから一〇年後、一九四八年のことでした。ひとたび書き始めると、七巻にわたる「ナルニア国ものがたり」の大部分の内容がよどみなくあふれ出たといいます。その結果、一九五〇年から五六年の間、ほぼ一年に一冊のペースで出版されることになるのです。

執筆当時、ルイスにとっては、ほかの作者によくあるように、身近にこの物語を聞かせる対象となるような子どもはいませんでした。自分自身の子ども時代、兄のウォーニーと想像上の世界について語り合ったことが「ナルニア国ものがたり」の誕生へとつながったと考えられているようです。

今もイギリスで、大きな古めかしいタンスを見つけると、つい後ろを確かめてしまう自分がいて、苦笑いをしてしまうことがあります。ターキッシュ・ディライトの味わいとともに、もう一つの世界はいつも心の中にあるような気がしています。

C. S. ルイスがお茶を楽しんでいた
オックスフォードにある、ランドルフホテル

晩年のルイスが滞在した、
コッツウォルズのミンスター・ロベルという
小さな村にあるスワンホテル

ライオンと魔女✦RECIPE

ターキッシュ・ディライト

Turkish Delight

〔材料〕＊12cm 角型の容器 1 個分

グラニュー糖……**200g**
レモン汁……大さじ **2**
粉ゼラチン……大さじ **1**
コーンスターチ……**25g**
食紅……少々
バラ水(あれば)……小さじ **1**
まぶし用の粉
粉砂糖 **25g** ＋コーンスターチ **25g**

1. 型にラップを敷く。
2. 鍋にグラニュー糖、レモン汁、水 **130ml** を入れて火にかけ、弱火で砂糖が溶けるまで、沸騰させないように煮る。
3. ボウルにゼラチン、コーンスターチ、水 **90ml** を入れてよく混ぜ、2 の鍋に入れる。
4. 再び火にかけて沸騰したら、弱火で **20** 分くらい絶えずかき混ぜながら煮詰める。全体にもったりして、かき混ぜると鍋底が見えるようになり、透明感が出てきて、黄色っぽい色合いになってきたら、火からおろし、食紅を水で溶いたものを加えて色をつける。あれば、ここでバラ水を加えてもよい。1 で用意した型に流し入れ、そのまま一晩、室温において固める。
5. 粉砂糖とコーンスターチを合わせた、まぶし用の粉の **1/3** 量くらいを台にふり、その上に 4 の容器をさかさまにしてターキッシュ・ディライトを取り出す。小さい四角になるように切る。残りのまぶし用の粉の中に入れて、くっつかないように断面によくまぶす。

＊バラ水の代わりにピスタチオ、ヘーゼルナッツ、アーモンドなどを砕いて加えても美味しい。

THE WIND IN THE WILLOWS, 1908

たのしい川べ

プラムケーキは春の香り

物語の舞台を見るということは、物語とは別の世界がそこにあることを、しかと見ることによって、ペンが書いてしまった世界を認識すると言ったらいいのでしょうか。『たのしい川べ』の主要な舞台クッカムディーンで、作者ケネス・グレアムは、物語の川辺を見ながら、川ネズミやモグラやアナグマやヒキガエルではなしに、川面をじっと見つめる五歳のケネス・グレアムの目だけを感じようとしていたようです。

——『物語が生まれる不思議　斎藤惇夫氏講演録』

イギリス人が愛してやまない、田園の四季の移り変わりが織りなすすばらしさを、川辺で生きるモグラやネズミ、アナグマ、ヒキガエルといった個性豊かな小動物がくりひろげる様々な事件を通して描いたファンタジー『たのしい川べ』。この作品を深く読むためには作者グレーアムの生い立ちを知らずに素通りすることはできません。主人公の動物たちがのどかなイギリスの自然の中で生きる様子が愛情深く描かれているものの、じつは母を失った幼いグレーアムの寂しさから生まれた物語だ

『たのしい川べ』

ケネス・グレーアム 作　**石井桃子** 訳
E. H. シェパード 絵

人里はなれた静かな川べで素朴な暮らしを楽しんでいるモグラやネズミたち。わがままで好奇心旺盛なヒキガエル。小さな動物たちがくりひろげるほほえましい事件の数々を、詩情ゆたかに描いた田園ファンタジー。（岩波少年文庫、2002年）

からです。

『たのしい川べ』の作者であるケネス・グレーアムは、一八五九年にスコットランドに生まれました。生活力のない父親、親戚の家を渡り歩くような不安定な生活、それでも優しくそばで守ってくれる母親の存在感、その母親の力でようやく家ができ、落ち着いた暮らしが始められそうになったのもつかの間、グレーアムは猩紅熱《しょうこうねつ》に倒れます。四歳の時でした。弟を生んだばかりの優しい母親は、なんと同じ猩紅熱にかかり、グレーアムが病に臥《ふ》せっているうちに亡くなってしまいます。そして、彼は兄弟とともに母方の祖母に預けられます。祖母の家は、テムズ川沿いのクッカムディーンという町にありました。グレーアムが描いた川辺の情景こそ、幼少期にテムズ川でボートに乗り、そこで遊んだ記憶をたどったものであったのです。

『たのしい川べ』は、グレーアムが一人息子であるアラステアに、寝るまえに語って聞かせたお話から生まれたということですが、どんな思いでわが子に語っていたのでしょうか。はじめは、アラステアの希望したネズミとキリンとモグラの話だったのが、いつのまにかキリンは消えて、アナグマやヒキガエルが登場し、物語の舞台は川辺の両側に続く森や野原、牧草地、村にまで広がっていったのです。

イギリスの長く、寒い冬がやっと終わりに近づき、まぶしい春の日差しが降り注ぎだす季節。それまで土の下にこもっていたモグラやネズミが、その光のまぶしさに誘われるように家にいるのが耐えきれなくなり、外に出てきてしまいます。

うつむくように咲く、愛らしいスノードロップ

イギリスの春は黄色のイメージ。
黄色の水仙は春の光そのもの

もしその季節にイギリスを訪れたことがあるなら、その気持ちはきっと実感できるでしょう。一〇月の最終週の週末から冬時間になり、時計は一時間遅くなります。それでも朝は八時になっても暗く、午後四時には日が暮れるイギリスでは、秋から冬を通して昼間の時間が少ない、暗い日が続きます。そんな生活の中で、見慣れた庭やいつも通る道沿いの足元に、小さな白い花をうつむくようにつけているスノードロップを見つけたら、それは暗闇に灯るろうそくの炎のように明るい、春の訪れを告げる希望の光のように感じられます。

イギリスでは大掃除は、年末ではなく春に行われるものです。その習慣も春を迎えるという、晴れやかな心に寄り添っているように思えます。閉ざしていた部屋の窓を開け放ち、まるで新しい季節への幕開けを迎える儀式のようです。

さて、春の大掃除も放り出して家から浮かれ出てきてしまったモグラ。そのモグラを有頂天にさせたのは、ネズミのバスケットに詰められたごちそうでした。

「このなかに、なにがはいってるんだね？」モグラは、それが知りたくて、からだをうずうずさせながらききました。

「コールドチキンがはいってる。」と、ネズミは、かんたんに答えました。

「それから、コールドタンにコールドハムにコールドビーフにピクルスにサラダにフランスパンにサンドイッチに肉のかんづめにビールにレモネードにソーダ水———」

このバスケットに
たくさんのごちそうが詰まっている
『たのしい川べ』より（E. H. シェパード絵）

「ああ、ちょっと待ってくれたまえ！」モグラは、ぼうっとなって、大声をあげました。「きいているだけでも、胸がいっぱいだ！」

――『たのしい川べ』

原文では、食べ物の名前の間にはスペースがなく、ずらっと文字がつなげて書かれています。機関銃のように一息もいれずにまくしたてるネズミの興奮ぶりが伝わってくるようです。ピクニックらしく、冷たい肉類がずらっと並びますが、飲み物にちょっと気をとめてみてください。ただの「ビール」となっていますが、原文では「ジンジャービール」となっています。

ジンジャービールは、一八〇〇年頃からイギリスで作られてきた飲み物です。ジンジャーエールのルーツともいわれます。イギリスの家庭では、生姜、砂糖、水、レモン汁、それにジンジャービール・プラントという微生物を加え、発酵させて作ります。名前にはビールと付いているものの、アルコール分はほぼ〇％です。飲んでみると辛さを感じるほどに生姜の風味が利いているのが特徴で、夏の日差しの中で楽しむにはぴったりの発泡性の飲み物です。

E・H・シェパードが描いたこの場面の挿絵では、ネズミからモグラに手渡される四角い、たくさんのごちそうが詰まったバスケットが印象的です。A・A・ミルンの『クマのプーさん』のイラストで知られるシェパード(本書五六頁参照)がこの物語に挿絵をつけたのは、一九〇八年の出版から二〇年以上も経った、一九三一年のことでした。

ピクニックにもぴったりな飲み物、
ジンジャービール

一九〇八年の初版では挿絵のなかったこの物語に、二〇世紀初頭に活躍した英国の挿絵画家、アーサー・ラッカムも、アメリカの絵本画家、ターシャ・テューダーも挿絵をつけているのですが、今でももっとも親しまれているのが、このシェパードが挿絵をつけた版です。残念なことに出版時すでにグレーアムはこの世を去っていました。石井桃子さんによるあとがきにはこう書かれています。

「けれども、シェパードが、これらのさし絵を描くためにグレーアムを訪れた時、もうグレーアム自身は年をとって、シェパードといっしょに川べを歩くことができないほど衰えていました。しかし、どの辺を歩けばよいかをシェパードに教え、「どうかこの動物たちを親切に描いてください。私は、彼らを愛しているのです。」といったそうです。」

二月に水がましてくると、あんまりありがたくない話だけど、……茶色い水がどんどん流れていくんだ。それから、その水がひいてしまうとね、あちこちに泥のかたまりが、ひょこひょこ顔をだすんだけれど、その泥は、プラムケーキのにおいがするんだよ。

クリスマス前後から冬の間、イギリスは寒いうえに、雨も多く降ります。一一月に湖水地方を歩いた時、雨が毎日のように降り、それでもおかまいなしに草をはむ羊が水につかってしまうのではないかと心配になるほど、どこもかしこも水びたし

ブラック・バン(スコッチ・バン)。
1月6日の公現祭、トウェルフスナイトに食べる習慣だったが、
スコットランド国教会により
クリスマスを祝うことが禁止されたため、
スコットランドでは新年を祝って食べられるようになった。
フルーツケーキがパイ皮に包まれて焼かれているのが特徴。
(ステーシー・ワードさん製作)

イギリスのプラムケーキ(フルーツケーキ)は
薄力粉よりも多く入るドライフルーツが特徴。
どっしりと重い焼きあがり

でした。ロンドンに戻ってから、湖水地方は洪水に見舞われ、氾濫した川からの土砂で、グラスミアからケズィックまでの道が春まで通行止めになるほどの被害が出たことを知りました。川岸にあるネズミの家もこうした冬の大雨で川の水量が増したせいで、地下室が泥だらけになってしまったのでは、と想像できます。

プラムケーキとは、一七〇〇年頃からイギリスで作られ続けているフルーツケーキの古い呼び名で、このケーキに使われる主材料であるレーズンやサルタナレーズン、カレンツ(小粒のレーズン)などの干しブドウは総称してプラムと呼ばれたことから付けられた名前です。そのためプラムが入っていなくてもプラムケーキと呼ばれていました。

ビクトリア朝時代に刊行され、有名になった『ミセス・ビートンの家政書』にも、「一般的なプラムケーキ」や「美味しいプラムケーキ」といったレシピが「プラムプディング」とともに紹介されています。

スコットランドのブラック・バンは、中世後期から作られているプラムケーキの元祖のようなお菓子です。ケーキの周りはパイ皮で包まれ、その中に当時は高価なレーズンなどのドライフルーツがぎっしりと詰まっていて、新年の祝いなどの特別な機会に食べる豪華なごちそうでした。フルーツケーキは今でも、結婚式やクリスマスやイースターなど、多くのイギリスの行事になくてはならないものです。フルーツケーキのあの香ばしい芳醇な香りが、二月の春浅い日の泥のにおいと重なるとは、なんともイギリス人ならではの表現です。

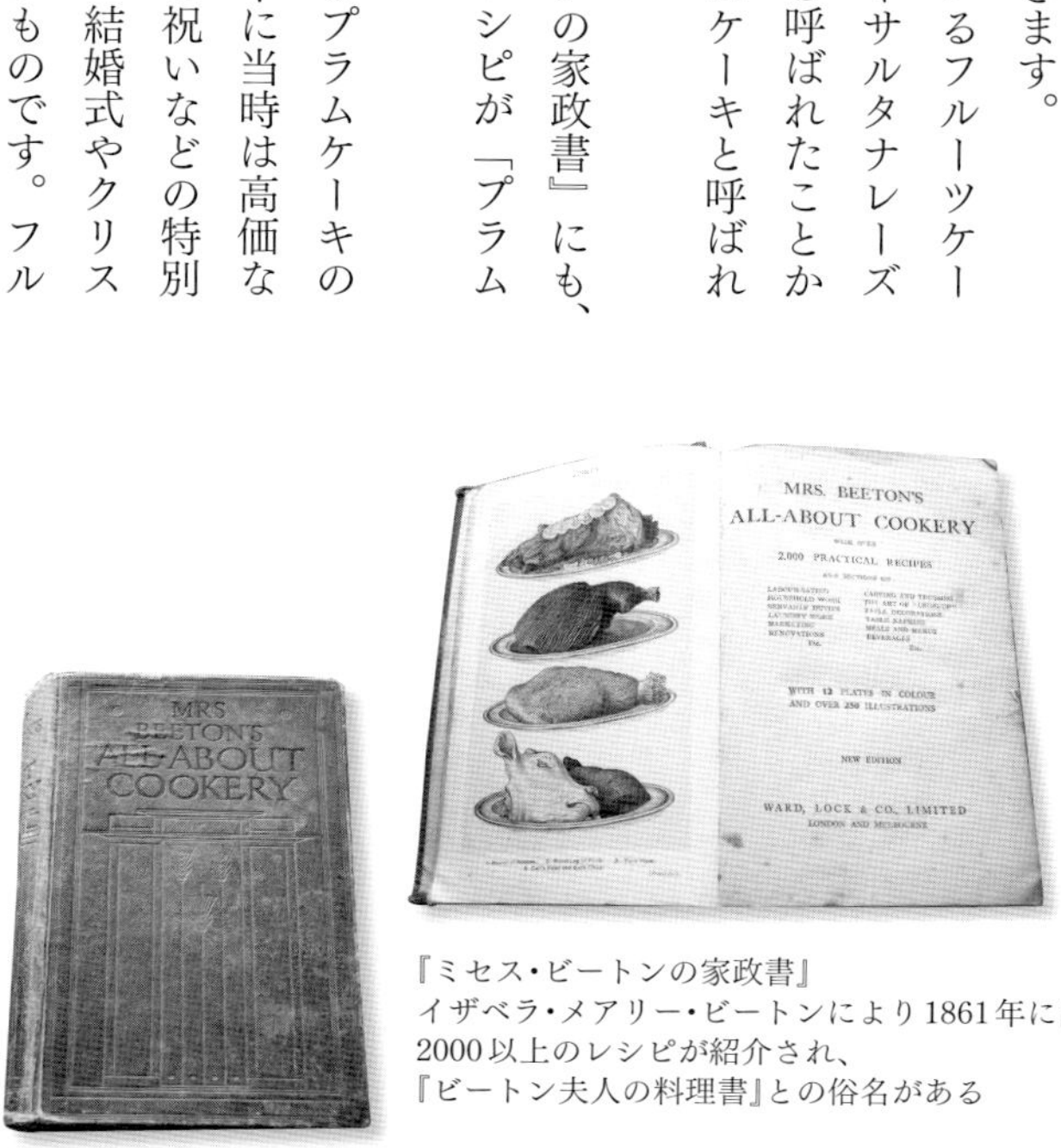

『ミセス・ビートンの家政書』
イザベラ・メアリー・ビートンにより1861年に出版。
2000以上のレシピが紹介され、
『ビートン夫人の料理書』との俗名がある

ネズミのバスケットには入っていなかったようですが、グレーアムはきっとプラムケーキを携えて、愛する母とともに、川辺でのひとときを楽しみたかったことでしょう。一家離散の哀しみを経験したグレーアムには、家族のなにげない日常がどれほど豊かなものに思えたことか。彼の苦しみを考えると、胸が締めつけられるようです。モグラとネズミは、ピクニックでバスケットに詰まった美味しい食事を味わいながら意気投合し、心からの友情を分かち合うことになるのですが、そこにはグレーアムの果たせなかった母との夢が反映されているのかもしれません。

食事と家、温かい家族を象徴するもの、幼いグレーアムが心から欲していたものが表れているのは、この場面だけではありません。

雪のなかを道に迷い、寒さと空腹で疲れきったモグラとネズミ、その二匹がたどり着いたのは木の下にトンネルのように作られたアナグマの家でした。燃えさかる暖炉、磨きあげられた皿が並ぶ食器棚、頭の上にぶらさがるハムや干したハーブ、玉ねぎの束。包まれるような温かさの室内、心のこもった夕食、それはアナグマの心そのもの。安らぎが二匹をこの上ない幸せに包みこむのです。

物語の第五章「なつかしのわが家」(原文ではDulce Domumとラテン語が使われています)では、本当の意味での我が家とはなにか、ということを思い起こさせてくれます。春の喜びに浮かれて、土の下の自分の家から飛び出してきたモグラに、ふたたび家というものを思い出させたのは、通りすがりの家の窓からもれる明かりでした。その明かりで、カーテンの後ろにくっきりと映し出される小鳥の姿――その小鳥が

2匹を温かく迎え入れたアナグマの家
『たのしい川べ』より(E. H. シェパード絵)

モグラの心をゆさぶるのでした。大きな自然から守ってくれる、愛しい自分だけの世界。

はたしてたどり着いた我が家は、アナグマの家のような温かさはなく、ごちそうもありませんでした。がっかりするモグラに、ネズミはかろうじて見つけた「イワシのかんづめが一つと、乾パンが、ほとんどひと箱いっぱい、それに銀紙に包んだドイツ・ソーセージ」といった質素ながらありあわせの食材で、立派な夕食のテーブルを整えるのです。豪華な食事でなくともそこに知恵と工夫と楽しむ心があれば、豊かな食事にも、温かな家にもなりえることを語っているように思うのです。

話をピクニックに戻しましょう。ピクニック好きのイギリス人の家庭なら必ずひとつはあるのが、ピクニックバスケットではないでしょうか。

私の持っているバスケットは、あちらこちらの店で品比べをしたあげくにロンドンの老舗デパート、ハロッズの夏のセールで買ったものです。ピクニックバスケットといってもいろいろな形、サイズがあるのですが、私が選んだのは、蓋がついた縦長の四角いバスケット。ネズミが抱えているバスケットに似ているでしょうか。

ピクニックといっても家族との気楽なものから、行事と結びついたフォーマルなものまで幅広くあるのがイギリスのピクニックです。

フォーマルなピクニックで真っ先に思い出すのが、アスコット競馬場でのものです。すべてコーディネートされた取材で、ロンドン市内から運転手付きのリムジンで出かけました。競馬場の駐車場にはずらりと車が並び、女性は帽子に手袋にスー

アスコット競馬場でのピクニック

ハロッズで購入した
ピクニックバスケット

ツ姿、男性もグレイのタキシードに帽子という正式ないでたちで、それぞれにテントを張ったりシャンパンを抜いたりしてピクニックを楽しんでいました。芝生の駐車場に車を止めると、運転手さんはさっとウェイターに早変わり。リムジンに積みこんであったテーブルと椅子を並べ、テーブルクロスまで広げました。たちまちシャンパングラスを並べ、前菜のスモークサーモンから始まる正式なピクニックランチが始まったのです。

メインの料理は、牛肉のコールドミートにサラダの付け合わせ。デザートはストロベリー&クリーム。イギリスではイチゴは初夏から夏にかけて露地栽培のものが出回り、小粒で酸味の利いた味わいが特徴です。その名のとおり、ストロベリー&クリームは、新鮮なイチゴにシングルクリームという脂肪分の少ないさらっとしたクリームをかけただけのものですが、この季節には欠かせないデザートです。競馬は午後二時から始まるのですが、その前にひとしきりピクニックを楽しむ姿は、かけがえのない季節を全身で享受しているように見え、私には驚きでした。

結婚し、ロンドンに住んでいた時は、ピクニックはより身近な習慣になりました。ロンドンの北にあるケンウッドハウスで催される野外オペラを聴きに行ったときのこと。湖の真ん中に作られたドームのような建物がステージとなっていて、その湖を取り巻く広大な芝生は観客のためのピクニック・スペースとなっています。バスケットを広げ、ワインを飲んだり、ローストチキンを食べたり、ステージの音楽を聴きながら楽しむのです。夜の一〇時過ぎまで明るいイギリスの夏の特権です。

屋外コンサートでのピクニック（ケンウッドハウス）

イギリスの夏の味、
ストロベリー&クリーム。
ウィンブルドン・テニス会場の
名物でもある

また、娘が生まれて一歳の誕生日には、産前教室で知り合ったイギリス人の友人一〇人と子どもたち、その家族で、リッチモンド・パークでバースデー・ピクニックを開きました。家ではなく、青空の下で、ケーキも手作りのピクニックで祝う誕生日、これもイギリスらしいことと、感動したものでした。さわやかな夏の風、はるか彼方まで広がる緑のスペース、日常の中にピクニックが自然にとけこんでいるイギリスの暮らし——これこそほんとうの贅沢です。

ピクニックという言葉はフランスで生まれ、そもそもは、朝食、昼食、夕食といったお決まりの形式から解き放たれ、好きな時に好きなように、家や仕事から離れ、空の下で自由に食べる、純粋に食べることを楽しむための食事という意味でした。私たちが想像するピクニック、屋外での食事は、ヨーロッパではすでに一六、七世紀には行われていたようです。

『たのしい川べ』の舞台となっているのは、テムズ川のほとりですが、目次のあとに主人公の動物たちが暮らす川辺の地図が、ペン画で生き生きと描かれています。かつてクリブデンの丘から眺めた光景がこの地図に重なりました。クリブデンとはロンドンから北西約四〇キロメートルにあるバークシャー州のタプロー郊外にあります。

クリブデンの丘からは、物語の光景を彷彿とさせるテムズ川が流れるのどかな様子が眺められるのです。そのクリブデンの丘に立つ屋敷、三七六エーカーにもおよ

クリブデンから見るテムズ川

ぶ敷地も含めて現在はナショナル・トラストの所有となっています。

ブルーベルが咲くというその庭を訪ねて出かけると、親子連れが川のほとりでピクニックをしている姿が目に飛びこんできました。ここまでくると、テムズ川は川幅も狭まり、流れもゆったりとのどかそのものです。ボートを浮かべて川遊びをするカップルの姿もあり、まさしく『たのしい川べ』の世界が広がっていたのです。堤防もなければ、柵もない、まるで小川のように、草原からすぐの足が届きそうなところをゆっくりと自然のままに流れています。日本だったら子どもが落ちると危険などの理由で、ものものしい柵みたいなものが作られるところでしょう。イギリスではあくまでも自己責任にゆだねられているのかもしれません。そのおかげで、川と人の暮らしがとても近い、そのことを強く感じるのです。

テムズ川がどれほどイギリスの人びとに愛されているか、そのことを目の当《ま》たりにする光景はいたる所で見られますが、そのテムズ川は、コッツウォルズ地方のキンブルという村に源流を発し、オックスフォード、マーロー、ウィンザーといった町を通り、ロンドンを経て最後は北海にそそぐ、流路全長三四六キロメートルの大河です。流れる場所によってさまざまな顔を持ち、人々の暮らしに優しく寄り添うように流れています。源流は、ウィリアム・モリスが地上の楽園と讃え、一時住まいとしていたケルムスコット・マナーからもほど近いところにあります。実際に訪ねてみると、テムズ川のスタートはのどかな田園を流れる、ほんの小さな川でした。テムズ川をこよなく愛したエリザベス一世は、一五九二年に「わが愛しのテ

グレーアムの過ごした
家の近くにある
ナショナル・トラスト所有の
クリブデンの屋敷

ムズ川に流れる最初の一滴を見たい」とその源流まで旅したとも伝えられています。

グレーアムは、四九歳で勤めていた銀行を退職した後、幼少時代を過ごしたクッカムディーンに家族とともに移り住み、一九〇八年に『たのしい川べ』を著しています。孤独な幼い時代を過ごした同じ場所に、今度は妻や息子のいる、温かい家庭を持って戻ることができたグレーアムにとって、それはアナグマの家にたどり着いたモグラやネズミの気持ちのように穏やかで満たされたものであったことでしょう。ただし、その幸せもずっと続くものではなかったことを知ると胸が痛みます。それでも川から離れることはなく、一九三二年に亡くなったのも、そこからさほど遠くないテムズの流れに沿ったパングボーンにある家でした。彼の墓には、作家である従兄弟が記した墓碑が刻まれています。「……グレーアムは川を渡り、この世から去った。子ども時代の思い出と文学を神聖なものとして永久に残して」と。

どうして作品をもっと書き続けないのか、という質問に、グレーアムは「お天気のいい日には、外はあまりに美しく、机にすわってはいられない」と答えたといいます。まるで春に誘われて外に出ずにはいられなかった、モグラの気持ち、そのものではありませんか……。

クリブデンの広い敷地には
ブルーベルの咲く森がある

テムズ川の
源流付近の
のどかな流れ

ウィリアム・モリスが
「地上の楽園」と評し、
1871年から3年間を過ごした、
ケルムスコット・マナー

たのしい川べ✦RECIPE

プラムケーキ（フルーツケーキ）

Plum Cake

材料

＊10×15×7.5 cm の
パウンド型2個分

無塩バター*……150 g

ブラウンシュガー……150 g
（三温糖、洗双糖などでも）

卵……3個（M～Lサイズ）

ミンスミート**……450 g

ブランデーまたはラム酒……大さじ2

クルミ……50 g

干しプラム……50 g

アーモンド粉……120 g

薄力粉……225 g

ベーキングパウダー……小さじ2
（アルミニウム不使用のものが望ましい）

塩……ひとつまみ

シナモン粉……小さじ2

ナツメグ……少々

1. 型にベーキングシートを敷く。オーブンは160度に温めておく。クルミは電子レンジ（500 W）に1分ほどかけてから焼きし、粗く刻む。プラムは半分くらいに切っておく。分量のミンスミートを入れたボウルにクルミ、プラム、ラム酒などを加えてよく混ぜる。材料の薄力粉大さじ3程度をまぶしておく。

2. 以降はシードケーキの作り方と同様（本書81頁参照）。4で薄力粉、塩、ベーキングパウダー、シナモン粉、ナツメグを合わせてふるったもの、1のフルーツ類を加える。あらかじめ温めておいた160度のオーブンで40分くらい焼く。

＊本来は無塩バターでなく牛脂（スエット）を使うが、手に入りやすいバターで代用する。

＊＊ホームメイドのミンスミート（およそ850 g）
無塩バター50 g、ブラウンシュガー100 g、オレンジジュース125 ml、クローブ粉小さじ1/2、シナモン粉小さじ1/2、ジンジャー粉小さじ1/2を合わせて鍋に入れ、弱火で砂糖を溶かし、粗く刻んだリンゴ200 g（皮、芯をとった正味）、レーズン50 g、サルタナレーズン100 g、カレンツ（小粒のレーズン）100 g、ドライクランベリー50 g、ミックスピール（オレンジピール、レモンピールを合わせたもの）100 gを加えて弱火で10分ほど煮る。火からおろし、ブランデーまたはラム酒75 mlを加えて冷ます。冷蔵庫で3カ月程度保存可能。

秘密の花園

ムアにはぐくまれる豊かな食生活

「あれは――あれは海じゃないでしょ？」メアリはメドロックさんのほうを見ていいました。
「ええ、海じゃありませんよ。」メドロックさんは答えました。「原っぱでもないし、山でもないんですよ。何マイルも何マイルもつづく荒野で、ヒースとハリエニシダとエニシダのほかにはなんにも生えないし、野生のポニーと羊のほかはなんにも住んでいないところですよ。」

――『秘密の花園』

生まれ育ったインドで、コレラによって突然両親を亡くしたメアリ。イギリスのヨークシャー地方にある叔父の家、ミスルスウェイト屋敷へと引き取られることになります。これは、そこに向かう馬車の中で、迎えに来てくれた家政婦であるメドロックさんと交わす会話です。

ヨークシャー地方は、イングランド北東部に位置し、その中心となるのは大聖堂で知られる街、ヨークです。そのヨークを挟んでヨークシャー地方の北西部と北東

『秘密の花園　上下』

バーネット 作　**山内玲子** 訳
シャーリー・ヒューズ 絵

両親を失ったメアリは、イギリスの片田舎の屋敷にひきとられました。そこには10年間誰も入ったことがないという「秘密の庭」がありました……。自然にふれて、心身ののびやかさを取り戻していく子どもたちの物語。（岩波少年文庫、2005年）

部にはそれぞれ「ヨークシャー・デイルズ」と「ノース・ヨーク・ムアズ」という二つの国立公園が広がっています。メアリが汽車で到着した、最寄りのスウェイト駅からミスルスウェイトの屋敷まで、馬車で約八キロメートルも横切るという「ミスル・ムア」は、この「ノース・ヨーク・ムアズ」ではないかと想像するのです。

作者のフランシス・ホジソン・バーネットは、一八四九年にイギリス・マンチェスターに生まれました。「自身が慣れ親しんだヨークシャー地方のあちらこちらをこの物語にちりばめたのではないか」、ヨーク郊外にある大邸宅、カースル・ハワードを訪れた時、ガイドをしてくれたイギリス人女性がこう話してくれました。「バーネットが物語のモデルとしたところは、どことは明確に言及されていないけれど、ヨークシャー地方に住む人なら想像ができると……」とも。

カースル・ハワードは、個人宅とはいえ、千エーカーもの広大な敷地内に、宮殿を思わせる珍しいドームのある豪華な屋敷、それを取り巻く噴水のある池、温室や塀に囲われた庭園やキッチンガーデンなどを擁《よう》していて、百以上の部屋があると描かれている「ミスルスウェイト屋敷」のモデルであるともいわれています。インドからの長旅の末にここが我が家だと言われたら、どんな気持ちがすることだろう、その圧倒されるほどに美しい建物を前にして私は小さなメアリの気持ちを想像してしまうのでした。

マンチェスターからヨークまでは今なら車で一時間半余りの距離ですが、バーネットの時代では馬車か汽車で出かけていたのでしょうか？　バーネットは一六歳の

カースル・ハワードのいくつもある庭。
ここはラベンダーが美しい

ミスルスウェイト屋敷のモデルともいわれている、
カースル・ハワード

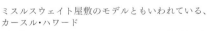

時に一家でアメリカに移住していますが、それまでの子ども時代に工業都市であるマンチェスターから自然を求めてヨークシャー地方のムア（荒地）などを訪れていたのかもしれません。

「あれは海じゃないでしょ？」とメアリが聞くほどの場所がいったいどんなところか、私はどうしてもそこに行ってみたいという衝動にかられ、実際に訪ねたことがありました。そして文字で読んでいただけでは全く想像できていなかった情景を目の当たりにしたのです。

ヨークからバスを乗りついで、たどり着いたのは、羊が大通りをのんびりと歩いているような、ハットン・ル・ホールという小さな村、そこからムアは広がっていました。その「ノース・ヨーク・ムアズ」の端に立って、私はただただ呆然としてしまったのです。目の前には、三六〇度、地平線まで果てしなく続くムア、荒地が、一面紫色のヒースの花のじゅうたんを敷き詰めたように広がっていたのです。それはメアリのいうように、ヒースがまるで波のように風になびく、海原のようにも見えますが、暗闇を馬車で走っていたメアリにとっては、ただヒューヒューと吹きすさぶ風の音から、それが海鳴りのように感じたのでしょう。大海原に浮かぶ一艘《そう》の小舟のような、これから新しい世界で暮らす、メアリの孤独な気持ちと重なっていたのかもしれません。なにしろ引き取ってくれることになった叔父にすら一度も会ったこともなく、両親の故国とはいえ、見知らぬ土地にたった一人やってきたのですから、さぞや心細かったことでしょう。

ハットン・ル・ホール。
ヒースの咲くムアの入り口ともいえる
愛らしい村

メアリが「海」と思ったヨークシャー地方のムア。
国立公園にもなっている

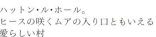

ところで、「ムア」とは、ヒースや背の高い芝草、シダ類などが生い茂った荒地のことなのですが、ヒースにも、その植物名に加えて「ヒースなどの繁茂する荒地」という意味があります。

ヒースは、ツツジ科エリカ属またはカルーナ属の常緑のかん木。エリカ属は、釣り鐘状の花をつけ、カルーナ属は米粒のような花をつける点が大きな特色です。植物名でよく混同されるヒースとヘザーは同意語で、イングランドではヒース、イングランド北部やスコットランドではヘザーと呼ぶことが多いようです。

身近に育つ植物だったので、イングランド北部やスコットランドでは、ヒースは生活の必需品でした。ふかふかのベッドのマットレスになったり、炉床《ろしょう》や床を掃く枝ぼうきが作られました。また、わらぶき屋根の材料に使われたり、その繊維から丈夫なロープも作られましたし、毛織物の染料にもなりました。また、羊にとっては美味しい食糧になり、ヒースの花から採れるハチミツはヨーロッパで最上品といわれ、その若い芽はエールの風味づけにも使われました。何も育たない、荒地に咲くヒースですが、ヒースそのものは自然にも暮らしにも豊かさを与えてくれる、なくてはならないものだったのでしょう。「うちはムアから離れたところになんか住みとうないね！」という、女中のマーサの言葉がそれを語っています。

私がスコットランドを旅した時に地元の人からヒースは幸せのお守りと教えてもらい、手に一杯持ちきれないほどにヒースを摘んだ思い出があります。スコットランドの人たちがヒースの詰まったマットレスを持って海を渡った時にはそんな思い

ムアのヒース、エリカ属

カルーナ属

をヒースに重ねていたのではないか、とも思いを馳せますが、そのおかげでヒースはアメリカ大陸にも育つようになったといいます。

　このヒースが堆積してできる泥炭のことをピートといい、この地方の台所で、火の燃料として使われました。イギリスの食文化にとってもヒースはなくてはならないものだったのです。一九世紀まで一番よく使われた燃料は木材でしたが、ヒースの育つ地であるアイルランド、スコットランド、ヨークシャー地方では、平炉《へいろ》での料理にはピートが広く普及していました。鉄と石炭の時代となった一九世紀以降もこれらの地方ではピートが使われ続け、石炭が使われるようになったのはずいぶん後になってからのことでした。

　ミスルスウェイト屋敷でのはじめての朝食でメアリに用意されたのは、ポリッジでした。ポリッジはオーツ麦(燕麦《えんばく》)に水と塩を加えて柔らかく煮たお粥《かゆ》のようなもので、上から牛乳や生クリーム、砂糖をかけて食べることが多いものです。「イングランドでは馬が食い、スコットランドでは人が食べる」と皮肉屋のサミュエル・ジョンソン博士が定義したオーツ麦、それを粗く挽いたものがオートミール(煮たものをオートミールとも)と呼ばれます。このオーツ麦は、スコットランドだけでなく、アイルランド、ウェールズやイングランド北部でも主要穀物となっていたのです。

　私が親しくしていたクック夫妻はアイルランド出身でしたから、ポリッジは大好物で、ご主人は寒くなると自分の朝食用に小鍋でポリッジを作っていました。熱々

オートミールを煮た熱々のところに
牛乳や砂糖をかけて食べるポリッジ

のところに牛乳とブラウンシュガーをかけて、美味しそうに食べていた顔が今でも目に浮かびます。

ところが、インドで育ったメアリは、その最初の朝食に出されたこのポリッジにはまったく興味をそそられません。メアリに食事を用意した、女中のマーサはそのメアリの様子に驚きます。子だくさんの上に貧しく、食うや食わずの地元の農家で育ったマーサにはこれほど上等な朝食を食べたくない、残すということがどうしてなのか、わからなかったのです。マーサのような農民の家では、ポリッジには塩かトリークル(砂糖の精製過程でできる糖蜜)をかけて食べるのがせいぜいでした。

そのメアリに変化が訪れます。

「お肉をふた切れと、ライスプディングを二杯も！」

ある日、メアリの食欲の変わりようにマーサが大喜びする場面です。ポリッジのオーツ麦を米にして作ったようなデザートとでもいうべきライス・プディング。日本で食べている米はイギリスでは、ショート・グレイン・ライス、またはスティッキー・ライスとも呼ばれ、デザート用にしか使われることはありません。この米に牛乳と生クリームを加え、オーブンで焼いたものがライス・プディングです。

マーサからのプレゼントであるなわとびを手にして外に出たメアリは、生き生きと晴れやかにさえずるコマドリと出会い、一〇年間も閉ざされていた秘密の花園の中にはじめて入ることになります。そして、なんとその荒れ果てた庭で雑草を抜い

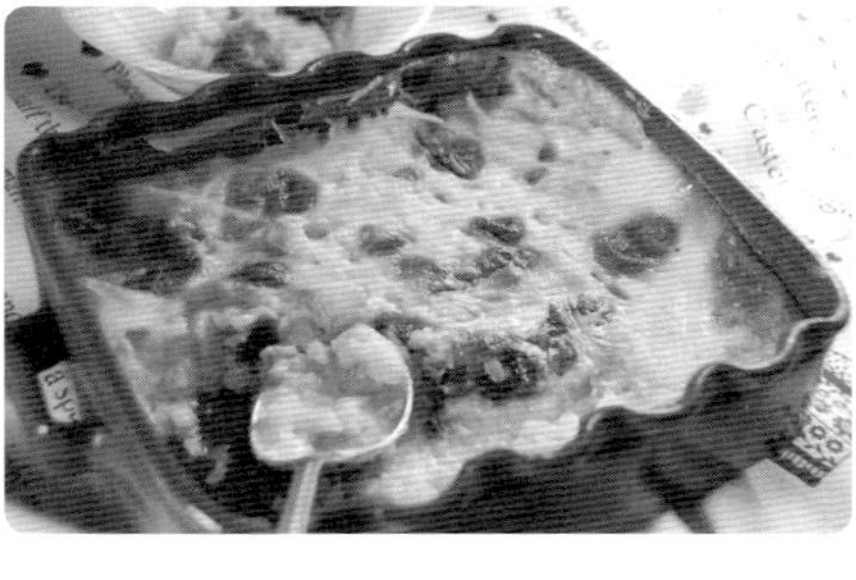

ライス・プディング。
牛乳と生クリームを合わせたところに
生の米を加え、バターを散らして
オーブンで焼く。
この焦げ目はイギリスの家庭でも
取り合いになるほどに美味しい

たり、球根を掘りおこしたり、庭仕事に夢中になるのです。さらに、マーサからは実家へ招待され、植物好きのマーサの弟ディコンに庭仕事用のスコップと花の種を頼む手紙を書いたりもするのです。メアリにとってはそれまで味わったことのなかった、「まるでおもしろいことがぜんぶ、一日のうちに起こっているよう」な日となったのでした。メアリの関心がはじめて外へと開かれた記念すべき日、そのメアリの喜び、興奮がお代わりしたライス・プディングに重なるように思えてうれしくなる場面です。

むし焼き卵と焼きイモや、しぼりたての泡だった濃い牛乳やオートミールケーキや小型パンや、ヒースのハチミツやかたまったクリーム(roasted eggs and potatoes and richly frosted new milk and oat cakes and buns and heather honey and clotted cream)などでお腹がいっぱいだったからこそでした。

マーサとディコンの母、サワビーのおかみさんの作る美味しい食べ物で、メアリとコリンが子どもらしく心から健康になっていく場面です。

ディコンの母親、サワビーのおかみさんは、温かい心を持った人でした。孤独であったメアリとコリンにとっては、このおかみさんからの差し入れの食べ物は、無償の母性を感じるものだったことでしょう。言葉よりも何にも代えがたく、手作りの食べ物には力があります。

メアリとコリン、ディコンが楽しむ屋外での食事
『秘密の花園』より(シャーリー・ヒューズ絵)

コリンは、メアリの従兄弟で、まるでメアリの分身でもあるかのように、親の愛に飢え、ひねくれ、病弱で、ミスルスウェイト屋敷の一部屋で閉ざされた生活を送っていた少年でした。メアリの叔父でもある父親は、庭で腰かけていた枝が折れ、落ちて亡くなった妻を偲《しの》び、妻が好きだったその庭に鍵をかけ、家にも寄りつかずに放浪の旅を続けていたのです。妻と同じ目をしたコリン、自分と同じせむしになるかもしれないコリン、父として息子に向き合う心の余裕を失っていたのでした。母親を失い、父親からも見向きもされない愛に飢えた孤独な暮らしでは、料理人が作る豪華な食事が用意されても、コリンが楽しむこともできなかったのは当然です。

オーツケーキ(oat cakes)とは、地方によって様々な形態がありますが、ヨークシャー地方では、オーツ麦の粗挽き粉を水で混ぜた種をグリドル(持ち手の付いた鉄板)で焼いただけの素朴なもので、オーツブレッドとも呼ばれています。コテージに住むディコンの家では、ピートが燃える平炉にのせたグリドルで焼いていたことでしょう。焼けたオーツケーキは、広げて冷まし、木の引き出しのオートミールの中にうめこむようにして保存していました。そうしておけばいつでも温め直して食べることができるからです。あるいは洗濯物のように吊るして乾燥させることもありました。

当時の一番贅沢なオーツケーキの食べ方は、焼きたての熱々にバターとブラウンシュガーをのせて食べることでした。今もイギリスでは、オーツケーキというと、パンケーキ風のしっとりとしたものと、保存がきくようにパリッと乾燥させたクラ

ダービシャー地方、ベークウェルの町で売られていたオーツケーキ

スコットランドのオーツケーキはこのようなクラッカータイプ

かつてはピートの炉の上に置かれ、オーツケーキなどを焼いていた鉄製のグリドル。今もこうしてドロップスコーンなどを焼くのに愛用されている

ッカーのようなものとの二種類が売られています。

『秘密の花園』には、料理人たちが作るミスルスウェイト屋敷の食事とディコンの家のような農民の食べ物とが、イギリスの階級社会を物語るように登場しますが、この地方生まれのヨークシャー・プディングもその典型といえるものです。

ヨークシャー・プディングは、ローストビーフには付け合わせとしてジャガイモとともに欠かせないものなのですが、プディングというので、甘いものを想像してしまいがちです。実際は、シュークリームの皮のような味わいのもので、薄く切り分けたローストビーフと一緒にグレービーソースをからめながらいただきます。

今では一皿にローストビーフとヨークシャー・プディングがおさまっていますが、かつてはそうではありませんでした。身分の差が大きかった一八世紀まではロースト用の肉は高価で、ローストビーフは貴族やお金持ちの家族が食べるものでした。そのローストビーフを焼いた脂を使って作るのがヨークシャー・プディングで、これはローストビーフを食べることができない、貧しい人々が食べるものでした。

肉を焼いている間にしたたり落ちる、熱した脂の中に小麦粉、卵、牛乳で作ったゆるめの生地を流し入れて焼くと、シュークリームの生地のようにふわっと膨らみ、香ばしくきつね色になるのです。そのなごりからか、今でもこの地方を旅すると、パブなどで、ヨークシャー・プディングにグレービーソースをかけただけの、肉なしの一品があります。フライパンいっぱいに大きく膨れ、こんがり焼けたヨークシャー・プディングは、かなりのボリュームです。

ローストビーフと付け合わせの
ヨークシャー・プディング。
サンデー・ローストには今もおなじみの一皿

こんがり色付いた焼きたての
ヨークシャー・プディング

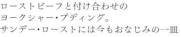

このヨークシャー・プディングは、一七三〇年代から「ドリッピング・プディング」と呼ばれ、ヨークシャーの地で作られていました。ヨークシャー・プディングという名前が表れたのは一七四七年にハナー・グラッセが書いた*The Art of Cookery*が最初だといわれています。「最高のプディングだ、グレービーソースと一緒に食べると美味しい」との説明が添えられています。

二〇世紀になってようやく労働者階級にとっても日曜日の昼食、いわゆるサンデー・ローストにローストビーフを食べることが人並みの生活を実感する一種のステータスシンボルとなったのでした。今でも日曜日のサンデー・ローストは家庭だけでなく、ホテルやパブなどでも楽しむことができます。

階級の違いは食べ物だけではありません。庭の様子にもそれは明らかに描かれています。ビクトリア朝時代には、ミスルスウェイト屋敷のような大邸宅では、家族のほかに多くの使用人を養うために、野菜や果物などを栽培する大きなキッチンガーデンがありました。一エーカーから二、三〇エーカーのキッチンガーデンがお屋敷の大きさに合わせて存在していました。一エーカーのキッチンガーデンでは、二、三人の庭師が必要で、一二人を養うに充分な収穫が見こめるといわれています。

メアリが秘密の花園を見つけ出すには、そのキッチンガーデンを通り抜けなければなりませんでした。

「ここはなんなの?」メアリはききました。

デヴォン地方にある
サイダーハウスの
キッチンガーデン

「菜園のひとつでさあ。」老人は答えました。

「あれはなに？」メアリはもうひとつの緑色の戸の向こうを指さしてききました。

「もうひとつの菜園で」とそっけない答えです。「塀の向こうにはもうひとつ菜園があって、その向こうは果樹園でさ。」

「入ってもいい？」メアリはききました。

「入りたければ入ればいいさ。なんも見るもんはねえがね。」

メアリはその言葉にかまわずに小道をいって、二番目の緑色の戸をくぐりました。入ってみると、そこもまた塀に囲まれた菜園で、冬野菜とガラスのフレームがありました。


庭師が働く様子が屋敷の窓から見えないように、キッチンガーデンは家からほどよく離れていなければならず、塀で囲われているのが常でした。そのため、ウォールド・ガーデンとも呼ばれていたのです。

その塀は、目隠しという目的のほかに、野菜や果物の栽培のための実用的なもので、風を防ぎ、温かさと穏やかな環境を整えるため、そして塀の内側を使って果物を栽培するためのものでした。洋ナシやプラム、イチジクなどが壁に沿うように枝が誘引されて実をつける光景は美しく、楽しいものです。塀は最低でも三メートルの高さがあり、大きなキッチンガーデンでは、五、六メートルもの高さがありまし

『秘密の花園』のキッチンガーデンを思わせる
オズボーン・ハウスのキッチンガーデン。
オズボーン・ハウスはビクトリア女王の
別荘として建てられた

レンガの壁も果物の栽培に無駄なく使われる。
枝を誘引するために
ロープが張られているところ

た。塀の材料には、強さ、乾燥、保温という利点からレンガが好まれました。

キッチンガーデンのデザインは、庭を四分割するように、十文字に走る小道を作り、四つの畑ができる「フォー・スクエア」が一般的でした。この小道は、庭師たちが農作業をするのに役立ち、屋敷の主人たちが菜園をしばしば散歩するために使われたのです。

キッチンガーデンは、ビクトリア時代までは盛んに作られたものの、世界中から安価な果物や野菜が輸入されるようになるにつれ、しだいに廃《すた》れていきました。残念ながら、今では廃墟になってしまっているキッチンガーデンも少なくはないのです。それでもビクトリア女王の別荘であったオズボーン・ハウスやグラブタイ・マナーに作られているキッチンガーデンを訪ねると、今も当時育てられていたハーブ、野菜、花々が生き生きと育ち、その暮らしぶりを彷彿とさせてくれます。

一方、農民であるディコンの家では、キッチンガーデンといっても、それは石で周りを囲んで花壇のように仕立てたシンプルなもので、たいていはすぐに収穫できて便利なように家のそばに作られました。

ムアのはずれにあるディコンの家のまわりに、ごつごつした低い石垣にかこまれた土地がありました。朝早く、あるいは夕暮れの薄闇のなかで、またコリンとメアリに会いにいかなかった日は一日じゅう、ディコンはその土地でジャガイモやキャベツ、カブやニンジンやハーブなどをおっ母さんのために植えたり、

ヨークシャー地方の農民の家のキッチンガーデン。ディコンのキッチンガーデンを思わせる

手入れをしたりしていました。

昔のヨークシャー地方の農民の家は、わらぶき屋根で、白壁が特徴でした。たった四部屋しかないコテージで一四人もの大家族が暮らすディコンの家では、それほど大きくないキッチンガーデンとはいえ、その収穫は大切な食料でした。それはオートミールやパンといった主食の不足を補うものだったのです。

『秘密の花園』は、メアリとコリンという個人の再生の物語、そして庭と家の再生の物語でもあります。荒れ果てた庭を自分と重ね合わせるように怒りにして訴えるこのメアリの言葉が胸に迫ります。

だれもその庭をいるといわないの、だれもほしがらないの、だれもそこへ入ろうとしないのよ。……ほかの人はだれもかまわないんだから、だれもわたしからそれをとりあげる権利はないわ。それを閉ざしたままにして、死なせているのよ!

両親から愛情をかけてもらえず、「世の中にたったひとり残された」メアリの怒りとも悲しみともつかない叫び。鍵のかかった庭は、メアリと等しい存在でした。

ヨークシャー地方の農民の家。
わらぶき屋根と白壁が特徴

つむじ曲がりのメアリさん、
お庭のようすはどうですか。
銀の鈴と、貝殻ならべ、
マリーゴールドずらりと一列に。

物語の中にも二回登場するマザーグースの唄です。一回目はメアリがインドに住んでいるときに、子どもたちがこの唄を歌ってメアリを冷やかす場面、二回目は、閉ざされていた庭を復活させるためにディコンとともに球根を一緒に植える場面です。

『もっと知りたいマザーグース』(鳥山淳子著)では、作者のバーネットは、このマザーグースからヒントを得てこの作品を書いたこと、そして、それはこの物語が最初「Mistress Mary」(女王様メアリー)と、このマザーグースの最初の一言を題して出版されたことでも明らかで、そのためこの主人公の名前はメアリでなくてはならなかったとも書かれています。

そのメアリは、ディコンとの共働作業によって秘密の花園がよみがえると同時に、その孤独が癒されるにつれ、本来の子どもらしい明るい気持ちが芽生えてきます。そこには球根を植えながら、もはや自分は「つむじ曲がり」でないと思うメアリがいます。ディコンやマーサという仲間ができたおかげで、自分のことを客観的に見ることができるようになったのです。

コリンの母が好きだったバラ。
秘密の花園にも
美しく咲いていたにちがいない

食べ物があふれ、豊かなはずであるのに、子どもたちの孤食や買い食いが問題視される現代にあって、メアリと同じ叫びを心に秘めた子どもはたくさんいるのかもしれません。『秘密の花園』はバーネットが六二歳であった一九一一年、今から百年以上も前に書かれた物語ですが、心を豊かにする食べ物とは何なのか、子どもが欲している本当に大切なものはなにかを今も教えてくれているようにも思えます。

それは決して贅沢な、豪華な食べ物である必要はなく、心をこめて作られた、心を満たす愛情あふれる食べ物、そして温かく見守り、手を差し伸べてくれる周りの大人たちの大きな愛情であってほしいと思います。メアリやコリン、お屋敷に住む子どもたちを元気にさせたのが、コックが用意したごちそうではなく、ヨークシャーの自然が生み出したサワビーのおかみさんの手作りの食べ物であったように……。

コッツウォルズにある名園、ヒドコート・マナー・ガーデン。20世紀初め、ローレンス・ジョンストンが作った秘密の花園。

秘密の花園✦RECIPE

ダービシャー・オーツケーキ

Derbyshire Oatcake

〔材料〕＊直径16cmのもの16枚程度

- 薄力粉……110g
- オートミール……110g
- 熱湯……250ml
- 牛乳……250ml
- インスタント・ドライイースト……3g
- ブラウンシュガー（三温糖、洗双糖など）……25g
- 塩……5g
- サラダ油……適量

1. 朝焼くためには、夜のうちに仕込んでおく。オートミールはフードプロセッサーにかけて粉状にする。

2. ボウルに薄力粉をふるい入れ、オートミールの粉、イースト、塩、ブラウンシュガーを入れてよく混ぜたところに、熱湯に牛乳を加えたもの（ちょうどよいぬるま湯程度の温度にする）を合わせてよく混ぜる。そのまま1時間室温に置き、ラップをかけて冷蔵庫に一晩置いて寝かせる。

3. 朝、冷蔵庫から出して、30分ほど室温に置き、イーストの働きが活性化するように、よくかき混ぜる。フライパンを熱して、薄くサラダ油を敷く。生地大さじ2～3程度を流し入れ、フライパンを回しながら、生地が全体に広がるようにする。このとき、生地がうまく薄く流れないほど、堅いようだったら、牛乳を適宜加えて調節する。裏面が色づいたら、ひっくり返し、もう片面も同様に焼く。

4. 熱いうちにバター、メープルシロップをかけて、または朝食として目玉焼きやハムをのせて食べても美味しい。生地はそのまま冷蔵庫で1、2日は保存できる。焼いたオーツケーキは冷まして、冷凍保存も可能。

リンゴ畑のマーティン・ピピン

焼きリンゴは恋の味

いつか『マーティン・ピピン』のお話に描かれている土地を訪ねてみたい。

何年にもわたって思い描いていた私の夢でした。

大人になってから読んだ、『リンゴ畑のマーティン・ピピン』や『ヒナギク野のマーティン・ピピン』の物語には、そんな夢を描かずにはいられない、イギリスの香りに満ちています。

二〇世紀前半において、数々の児童詩や短編集を世に送り、イギリスのアンデルセンと称される作家、エリナー・ファージョンは、この『リンゴ畑のマーティン・ピピン』で作家としての地位を確立しました。

『リンゴ畑のマーティン・ピピン』では、タイトルのとおり、イギリス南部に広がるサセックス州のリンゴ畑が舞台です。

農家の娘、ジリアンは、恋する乙女。ところが、父親はその恋人を忘れさせようと、娘を井戸屋形に閉じこめてしまいます。ところが、恋人への想いは鎮まるどころか、想いがあふれて涙にくれるばかりです。そのジリアンを男嫌いで嫁に行かな

『リンゴ畑のマーティン・ピピン』

エリナー・ファージョン 作　**石井桃子** 訳
リチャード・ケネディ 絵

恋人とひきさかれて牢屋に閉じこめられている少女ジリアンを、6人の娘たちが牢番として見張っています。旅の歌い手マーティン・ピピンは幻想的な恋物語をくりひろげ、牢屋の鍵を手に入れます。（岩波書店、1972年）

いと宣言した六人の娘たちが、その屋形にかけられた六つの鍵をそれぞれに持って見張っているのでした。その娘たちは、通りがかった物売りのジプシー女から、恋に思い煩《わずら》う娘には今まで聞いたことのない恋の物語を聞かせるのが一番、と聞き、行きずりの吟遊詩人の若者、マーティン・ピピンをリンゴ畑に招き入れ、その恋物語をしてくれるように頼みます。マーティン・ピピンが語りを終えるごとに、娘たちは自分の好きなリンゴを採ってはかじる。それが、お話とお話の区切りとなって、物語は進んでいきます。

サセックス州の村、アドバセン近くを歩いていたマーティン・ピピンは、美しいジリアンに恋い焦がれて涙を流しながらカラスムギの種をまく青年、ロビン・ルーにも出会っていたのでした。

作者のファージョンは、この物語を大人のための恋物語として書いたといいます。確かに子どもが読んで理解できるのだろうか、これが児童文学の分野に入るのだろうかとちょっと首をかしげてしまうところも多くあります。

事実、この物語はファージョンが第一次世界大戦で出征した、ある若い軍人に書き送ったものでした。そもそもが子どもではなく、三〇歳の男性を読み手として書かれた恋物語集でした。戦争が終わり三年を経て、この『リンゴ畑のマーティン・ピピン』の一冊が生まれたのでした。

なぜサセックス州が舞台になったのでしょうか。その軍人は、出征前はサセックス州で学校の校長をしていた人でした。しかもサセックス州は、ファージョン自身

リンゴ畑に通りがかった物売りのジプシー女。
娘たちは香水やリボン、
ビーズの首飾りなどに興味を示す
『リンゴ畑のマーティン・ピピン』より
（リチャード・ケネディ絵）

も好きな地方であったのです。そこで、ふたりになじみの深い、サセックス州の地名を取り入れた物語が生まれたというわけです。

この物語の訳者である石井桃子さんは、『マーティン・ピピン』の舞台であるイギリス南部のサセックス州を旅したことを『児童文学の旅』に書かれています。物語に出てくる場所を実際にご自分の足で訪ねる様子が、事細かに、具体的に著されていて、『マーティン・ピピン』の物語に魅せられ、イギリスが好きな者にとっては、絶好のガイドブックにもなっているのです。物語の舞台は現実に存在するのでした。

……読めば読むほど、この二人の作家（ビアトリクス・ポターとエリナー・ファージョン）の作品が、切りはなしがたく、その風土に結びついていることは驚くばかりで、私は自分なりの歩き方で、彼女たちの作品の生まれてくる機縁となった場所を踏んできたかった。

——『児童文学の旅』

まさしくイギリス児童文学における「風土性」ということを石井桃子さんは書かれています。作家が慣れ親しんだ土地、その現実を舞台として作家がファンタジーを作り上げていく。機織りに喩えると、経糸《たていと》が現実という真の世界とすれば、そこにファンタジーという緯糸《よこいと》で空想の世界を織り上げていく、「切りはなしがたく」と石井桃子さんが書いている意味はこういうことなのでしょうか。

リンゴの花

サセックス州のリンゴ畑

だからこそ、作品への思い入れが強くなればなるほど、読者は、ファンタジーを生んだその舞台がどんな所か、自分の目で確かめたくなるのではないでしょうか。私もこの二人の作家に魅せられ、二人の足跡を追うように長年にわたってイギリスをずいぶんと旅してきました。

その風土性に加えて、ファージョンの作品世界を形成する、大きな要素となったのは、家庭環境といえるようです。

ファージョンは、ビクトリア朝後期のジャーナリストで大衆作家であった父と、アメリカ人の有名俳優の娘という母を持ち、兄とふたりの弟とともに育ちます。学校教育は受けず、膨大な父の蔵書、家に集まる芸術家たちとの会話、そして長男ハリーの統率する一つの王国ともいえる「子ども部屋」がファージョンの世界でした。とくに六歳年上の兄のハリーとはほとんど一体ともいうほどに強い絆で結ばれていて、「ＴＡＲ」(タア)というふたりだけの遊びの世界を持っていました。「ＴＡＲ」とは、Tessy-and-Ralph の頭文字をとったもので、兄の「テッシーとラルフに変身」という合い言葉で、本や劇などから選んだ登場人物になりきって演技する遊びのことです。ただしこの兄妹にとっては、その度合いが常識を超え、ファージョンが五歳から始めたその遊びにはやがて弟たちも加わり、二〇年もの長い間、ふたりが大人になってからもその遊びをやめることができないほど魅力的なものとなったのです。

『リンゴ畑のマーティン・ピピン』で、マーティン・ピピンが少女たちのあごの下でくるくる回す花、バターカップ

空想の世界が、現実の人生よりも豊かなものになってしまったせいで、実生活のファージョンの精神年齢は低いままという常識では考えられないような弊害が起きるほどでした。けれども、様々な役柄になりきって演技をするうちに、言葉があふれるように流れ出る才能を持つようになり、その結果、書くことが尽きぬ喜びになっていったと、ファージョン自身がその自伝の中で書いています。やがて、ハリーが王立音楽院へ入学し、「ＴＡＲ」は終わりを告げます。家に残されたファージョンはハリーのいない空虚感で何も手がつかない状態に陥るのでした。

その後ハリーは、才能が認められ、王立音楽院の最年少の教授に任命される一方、ファージョンは幼い頃から父のタイプライターで詩や物語を書いていましたが、三〇歳を前にしてもまだ自分の文学の道は手探りの状態にありました。

そこに、エドワード・トーマスという妻子ある詩人との恋愛が重なります。これはファージョンにとって、「ＴＡＲ」のような幻想ではなく、現実の人生を知ることになる大きなできごとであったはずです。残念なことにエドワード・トーマスは第一次世界大戦で戦死してしまいますが、彼の最初の詩集はその死後から三年経って、ファージョンやほかの友人たちによる校閲を経て、出版されるのでした。その翌年の一九二一年、この『リンゴ畑のマーティン・ピピン』が出版され、ファージョンの作品は次々と世に出ることになるのです。

さて、私が住んでいたウィンブルドンは、ロンドン市内でも南に位置しているた

たわわに実るリンゴ

め、ロンドン南部に広がるサセックス州には、直線的に南下すればよいだけでした。長い間温め続けていた夢の場所は、意外にも近くにありました。

この地方には、今にもマーティン・ピピンがリュートを持って現れそうなリンゴ畑があちらにもこちらにも見られ、それだけでファージョンのお話の世界に入りこんだような気分になります。

とくにコックス・ピピンと呼ばれる小粒の真っ赤なリンゴはイギリス人に好まれる品種です。パリッとした歯ざわりで、甘酸っぱい味がなんともリンゴ本来の野生的な味を思い起こさせます。おそらくイギリスでもっとも普及し、よく食べられている品種でしょう。歩きながらかじるリンゴとしても、人気です。

『リンゴ畑のマーティン・ピピン』では、様々なリンゴの品種が登場します。たとえば、一番年下の娘、ジョーンが好きなリンゴはコックス・ピピン、ジョイスはビューティ・オブ・バス、ジェニファーはウースター・ペアメン、ジェシカはカーリーテイル、ジェインはラセット、ジョスリンはキング・オブ・ピピンズといったぐあいです。いずれも今も存在するリンゴばかりです。

ビューティ・オブ・バスは一八六四年にジョージ・クーリングによって作られたリンゴで一八八七年に王立園芸協会で一等級の証明をもらっています。ウースター・ペアメンは、ウースター州で生まれた品種で、実は柔らかく、甘く、イチゴの風味があるとも言われています。カーリーテイル(カールテイル)は、サリー州で生まれた品種で、果梗部分(軸の付いている部分)が盛りあがり、尻尾のようにカールする

まるかじりにもぴったりの小粒のリンゴ、コックス・ピピン

のが特徴。ラセットは黄褐色の皮が特徴で、ナッツのような味わいがあるとしてリンゴ好きには人気があります。キング・オブ・ピピンズは一八世紀にフランスで作られたレーヌ・ド・レネット種が元となる品種で、ビクトリア朝時代以降イギリスで多く栽培された品種です。

こうして調べてみると、どれもイギリス人になじみのある、なくてはならない品種ばかりを登場させているようです。

ピピンとは、接ぎ木ではなく、種子から生まれた品種であり、またイギリスでは、男の子の名前としてもとてもよく使われるもののひとつでもあります。それで、ファージョンは吟遊詩人の若者の名前に「マーティン・ピピン」というこの名前を選んだのでしょうか。リンゴ畑で、若い娘たちにいくつもの物語を話して聞かせる若者の名前としてはぴったりと考えたのでしょう。

さて、世界には、リンゴの品種はおよそ七、八千種あるといわれ、リンゴの原産地は、中央アジア・カザフスタンです。ただし、栽培される価値があると認められているリンゴの品種は、そのうちのほんの一部でしかありません。

最初のリンゴはというと、聖書の創世記における、世界で最初に作られた果物、エデンの園でアダムとイブが食べた禁断の実のなる木でした。このリンゴは、クラブアップルという小さな姫リンゴのような品種の、原種となるリンゴでした。このクラブアップルは今も栽培されていて、イギリスの家庭で、このリンゴで作るジェ

リンゴの原種である
クラブアップルの木

リーを味わったことがありますが、それは濃厚な味わいで、美味しいものでした。ローマ人がイギリスを征服する前に、イギリスに存在していたのは、この野生のクラブアップルでした。ローマ人はこよなくリンゴを好み、理想的な食事は「卵に始まり、リンゴに終わる」と考えていたほどで、そのため古代ローマで改良された、食用として美味しいリンゴを、このイギリスの地にも植えることにしたのです。

一九世紀のイギリスでは、トーマス・ナイトが受粉による方法で親木からリンゴを栽培するという画期的な方法を発見してから、リンゴの育種はアマチュア、プロを問わず、ガーデナーたちの情熱をかきたてました。リンゴは、同じ品種の花粉では実にならないので、異なる品種の花粉を花につける必要があるのです。

日本では明治時代になり、リンゴが栽培されるようになりましたが、あくまでも生食用のもの。そのため甘くて、大きいものが好んで栽培されてきました。

イギリスでは、リンゴは料理にもお菓子にも幅広く使うため、主に生食に適しているものもあれば、ブラムリー（正式にはブラムリーズ・シードリング）に代表される、クッキング・アップル（料理用のリンゴ）と呼ばれる料理、お菓子など火を通して使うリンゴも広く栽培されています。

ブラムリーは、二百年前にノッティンガム州のサウスウェルという小さな村にある原木から生まれたリンゴです。酸味が強く、火を加えるととろけるように煮溶ける特徴から、イギリスではアップル・クランブルなどのお菓子から豚肉のソースなどに使います。このブラムリーは、ほぼ一年中いつでも売られ、まるでジャガイモ

クッキング・アップルの代表、ブラムリー

屋台の八百屋さんに売られていたブラムリー

のようにいつも家庭の台所にあるほど利用範囲の広いリンゴです。

私が親しくしているクック家では庭にブラムリーの木があり、秋に採れたこのリンゴで作ってくれた美味しいアップル・クランブルを楽しんでいたので、私はこのリンゴを特別なものとは思わず、慣れ親しんでいました。

日本では手に入らないと思っていたこのブラムリーが、日本でも栽培されていると知ったのは、私のお菓子の講座に、このリンゴを持ってきてくれたFさんのおかげでした。そしてFさんはじめ三人で活動している「ブラムリーファンクラブ」のおかげで、幸運にもリンゴの奥深い世界を垣間見るという機会をいただいています。ブラムリーが、長野の小布施をはじめ青森、北海道など日本でも栽培が広がっているのは、うれしいことです。


『リンゴ畑のマーティン・ピピン』にもこんな美味しそうなリンゴの描写があります。

「わたし、パンにあきてきたみたい。」

「そして、リンゴにも?」と、マーティンがいった。

「リンゴにあきるひとなんてありませんよ。」ジェシカは答えた。「でも、目先を変えて、焼きリンゴにして、クリームをかけたい。黒砂糖でゆでリンゴでもいいけれど。そして、パンのかわりに、プラム・ケーキをたべてみたい。」

焼きたての香ばしい味わいを楽しみたい
アップル・クランブル

豚肉のローストに、
リンゴを煮たリンゴソースは定番

——『リンゴ畑のマーティン・ピピン』

「リンゴにあきるひとなんてありません」という、ジェシカの言葉には心から賛同します。ブラムリーも焼きリンゴに最適な品種ですが、焼きリンゴこそ、簡単で美味しく、何世紀にもわたって家庭で作られ、愛されてきたものでしょう。かつて「ニューヨーク・タイムズ」は焼きリンゴについて「炎とリンゴが誕生した歴史と同じだけ長い歴史をもつ」と讃えています。リンゴの芯をくりぬき、そのなかにバター、砂糖、シナモン、レーズンなどを詰めて丸ごと焼きあげるのが定番。ジェシカのお気に入りのクリームをかけて食べる焼きリンゴはどんな味わいだったのでしょうか。

さて、リンゴ畑が、まさにファージョンの世界へ入る花道であるかのように、車はサセックス州の田舎道を進みます。サセックス州は、南に海、海岸線に沿うように東西に細長く丘、サウス・ダウンズが連なり、北の州境にはかつては大森林であった所が今ではなだらかな農耕地帯となっている緑深き地方です。ロンドンから日帰りでも充分楽しめる所でありながら、のどかなカントリーサイドが広がる、魅力的なところです。

マーティン・ピピンが語る六つのお話のひとつ、「オープン・ウィンキンズ」という話に出てくるアルフリストンの町を訪ねました。主人公のホブは、アルフリス

ファージョンもかつて歩いたサウス・ダウンズ

サウス・ダウンズが海で終わるところには白亜の崖が見える

トンの庭師の娘であった母を持ち、近くの野山を弟たちを探してさまようのです。そして、タイトルにもなっている「オープン・ウィンキンズ」という森に住む女性に出会うのですが、悪に心を奪われたその女性は、愛情深い心を持つホブに救われ、二人はアルフリストンの町で結婚するのです。

絵に描いたような古い家並みが残るこの町は、かつては、密輸入業者の村として知られたといいます。港から約四キロメートル内陸に入った所にあり、川が流れていることから荷物の運搬にも便利だったようで、今も営業を続ける「老密輸入者屋」という恐ろしげな名の古いホテルが、その歴史を伝えています。

ちょっと開けた広場のような場所には、マーケット・クロスの跡を示す石の塔が立っています。これは、中世に町や村の市場に立っていた十字架のことで、イギリスでも珍しくなっているものだとか。歴史をさかのぼること一四〇五年、ヘンリー四世がアルフリストンの町に、週に一度の市、年に二度のフェアーを持つ権限を与えたことを物語っています。

こうした歴史の重みを感じながら、ファージョンもたどったであろうハイ・ストリートと呼ぶにはあまりにも狭い通りを歩きます。黒い太い梁、低い入り口がいかにも年代を感じさせるドアをくぐるようにして中に入るティールームに寄ってみました。裏庭が「ティーガーデン」と称する屋外のティールームになっていました。

ここにもまたリンゴの木があり、私は迷わずリンゴのケーキを注文したのでした。娘たちがリンゴを食べたように、この地でリンゴを味わいたかったのです。

「オープン・ウィンキンズ」に出てくる村、アルフリストン

アルフリストンの村を出ると、「ロングマン」の標識がでています。『リンゴ畑のマーティン・ピピン』の続編『ヒナギク野のマーティン・ピピン』の中に出てくる、きれい好きの七人姉妹と小さなウィルキンのお話、「ウィルミントンの背高男」に登場するものです。角にパブのある細い道を入っていくと行き止まりになり、車を降りるとそこをふさぐようにそびえる丘の緑一面に白亜の地面を線にして描かれた六〇メートルもの大男が現れます。どうやって誰が描いたのか謎ですが、ウィルミントンの丘に描かれたこの「大男」は、新石器時代のものともいわれているようです。緑の中をこの大男を目指して歩いていくのですが、近づけば近づくほどその大きさに驚くばかり。

『ヒナギク野のマーティン・ピピン』は、『リンゴ畑のマーティン・ピピン』のロマンティックな恋物語と打って変わり、「エルシー・ピドック夢で縄とびをする」のような、子ども向きの愛らしい物語が盛りこまれています。ここで聞き手となる小さな女の子六人は『リンゴ畑』での六人の乳しぼり娘たちの娘という設定になっています。

作者のファージョンは、ただひとり、チチェスターからアルフリストンまで徒歩旅行をし、一九一八年に『はるかなるアルフリストンまで』という私家版の小さな詩集も出しています。

羊たちとロングマン。ロングマンは、「ウィルミントンの背高男」に出てくる

野山をいったときに出あった、若い羊飼い、風にそよぐ野の花、古い町の細い道などのすべては、生き生きとかの女の魂を打ち、「マーティン・ピピン」のお話の種は、ゆたかに醗酵していったのだと思わずにいられませんでした。

『リンゴ畑のマーティン・ピピン』のあとがきで、石井桃子さんがこう書いていますが、ファージョンは、類いまれな想像力で、サセックス州の風土に物語を重ねていったのでしょう。

ファージョンのこんなエピソードを聞いたことがあります。

友人がファージョンに贈ったせっかくの一輪のバラを、彼女は訪れた友人に惜しげもなく譲ってしまったとのこと。

「私一人で見ているより、これで一輪のバラは二倍の幸せになったわ」と語ったといいます。この話を聞いた時、ファージョンという人の内面を垣間見たような気がしました。ほのぼのとして、心温まるファージョンの物語に通じるものを感じて、うれしくなったのでした。

「エルシー・ピドック夢で縄とびをする」の舞台となったマウント・ケバーンをルイス城から眺める

リンゴ畑のマーティン・ピピン✦RECIPE

アップル・クランブル
Apple Crumble

〔材料〕＊4人分

紅玉……2個
　またはブラムリー……大1個(約400g)

クラム
薄力粉……30g
強力粉……30g
アーモンド粉……50g
砂糖……グラニュー糖20g
　＋ブラウンシュガー40g
無塩バター……50g

＊季節に合わせてお好みの果物に代えても。果物によって、焼き時間も変えること。余ったクラムの種は2、3日なら冷蔵庫で、それ以上は冷凍庫で保存し、そのまま解凍せずに使う。多めに作って冷凍保存しておくと、いつでも使えて便利。

1. まずクラムを作る。ボウルに粉類を合わせてふるい入れ、砂糖も加える。室温に戻したバターを加え、指で揉みながらぼろぼろにする。細かい粒状になったら冷蔵庫で冷やす。

2. りんごを4つ割りにして皮をむき、縦に厚めにスライスする。あらかじめオーブンは170度に温めておく。

3. 耐熱皿にリンゴを入れ、その上に1のクラムを全面にふりかけ、あらかじめ温めておいた170度のオーブンで約30分、表面がこんがりとする程度に焼く。熱々のできたてを取り分け、アイスクリームなどを添えていただく(写真はリンゴ1個分が入る小さめの容器で焼いている。リンゴ2個分が入る大きい器で焼くのも可)。

クマのプーさん
プー横丁にたった家

パンにハチミツ、紅茶でイレブンジズ

「なぜ、世のなかに、ミツバチなんかいるかっていえばだね、そりゃ、ミツをこさえるためにきまっているさ。」といって、立ちあがると、
「それで、なぜ、ミツをこさえるかっていえばだね、そりゃ、ぼくが、たべるためにきまってる。」

――『クマのプーさん』

プーさんといえば、その好物は、なんといってもハチミツ。風船にぶらさがって木の上のミツバチの巣までハチミツを採りに行こうとしたり、「なにかひと口やるお時間」といって、つぼの中のハチミツを平らげてしまったり、とにかくハチミツに目がないのです。

イギリスの人たちも、朝からハチミツが欠かせません。トーストにバターをぬり、その上にたっぷりとハチミツを重ねてぬって、ほおばる様子は、まるでプーさんの姿そのもの。

ハチミツという言葉が書き残されたもっとも古い記録は、紀元前五五〇〇年、古

『クマのプーさん』
『プー横丁にたった家』

A. A. ミルン 作　**石井桃子** 訳
E. H. シェパード 絵

ミルンが幼い息子クリストファー・ロビンのために書いた楽しいファンタジー。クマのプーさんやコブタなど、大好きなぬいぐるみの動物たちとくりひろげるゆかいなお話。
（岩波少年文庫、1956年、1958年）

代エジプト人によるもので、彼らが住んでいたナイル川の下流地域は、「ミツバチの国」と呼ばれていたそうです。紀元前一四五〇年には、古代エジプト王のトトメス三世にシリアから二四四キログラムのハチミツが貢ぎ物として贈られたという記録も残っています。砂糖がもたらされる前のヨーロッパではハチミツが唯一の甘味として尊ばれていたのでした。

そのため、いかにして多くのハチミツを得るか、ということは人々の生活にとっては大切なことでした。蜜源植物であるハーブもその一役を買い、ミツバチを惹きつけるために巣の周りに植えられました。タイム、レモンバーム、ラベンダーがその代表的なものです。とくにレモンバームは別名ビー・バーム（ビーはミツバチ、バームはバルサム・香膏《こうこう》の略語）とも呼ばれ、近くに植えるだけでなく、巣にその葉を直接こすりつけ、その香りでミツバチを引き寄せるために使われたのです。中世までは、ハチを飼うために、小麦やライ麦の藁《わら》やイグサを編んで作ったかごのようなものを使っていましたから、そうしたことも容易にできたわけで、その巣かごに飼ったハチは巣を作り、そのハチの巣から蜜を採ることができたのでした。

さて、そのハチミツ好きのクマのプーさんは、そもそもはぬいぐるみでした。『クマのプーさん』（一九二六年）と『プー横丁にたった家』（一九二八年）は、作者であるミルンが、一人息子のクリストファー・ロビンの子ども部屋の住人だったぬいぐるみのクマ、コブタ、ロバに命を与え、息子とともに生き生きと描いたお話です。子どもがおもちゃに命を与え、自分の分身にすることができるのは、子ども特有の心

レモンバーム

中世のミツバチの巣

朝食のトーストにも
ハチミツは欠かせない

理だということを、ミルンは自分の子どもを持ってはじめて味わい、自らもその世界を共有したのでした。

クリストファー・ロビンは、物語の誕生について、『クマのプーさんと魔法の森』の中でこう語っています。

……私が彼らと遊び、彼らに話しかけ、彼らに返事ができるように声をあたえているうちに、彼らは息づきはじめた。しかし、私一人では、そうおもしろいところまでおもちゃたちとゆきつくことはできなかった。そうするには助けがいった。そこで、母が仲間に加わって、母と私とおもちゃたちは一しょに遊び、やがて、おもちゃたちは、いよいよ生き生きとなり、はっきりした性格をもちはじめて、ついに、父が、そのあとをひきうけることになった。

プーは、一九二一年のクリストファー・ロビンの一歳の誕生日プレゼントに、ロンドンの老舗のデパート、ハロッズで購入されたテディ・ベア。ロバのイーヨーは、同じ年のクリスマスプレゼント。コブタは近所に住む女の人からのプレゼントだったそうです。

『クマのプーさん』の原題は *Winnie-the-Pooh*（ウィニー・ザ・プー）、これがプーさんの正式名となるわけですが、ウィニーというのは、当時ロンドン動物園で人気のあったウィニーというクロクマの名に由来しているとのこと。幼いクリストファー・

クリストファー・ロビンの営む本屋があった町、
デヴォン州ダートマス

ロビンとこのウィニーが一緒に写った写真も残っていますが、楽しく過ごした時間があったことがうかがえます。

私もロンドン動物園には娘がまだ小さかった頃一緒に行った思い出がありますが、今そのクマのウィニーは銅像になって、子どもたちを迎えています。一九一四年にカナダからやってきたこのウィニーは、一九三四年に亡くなるまでたくさんの人々に愛されたということです。でも、プーという名がどこから来たのかははっきりしないのです。動物園でウィニーを見ていた時一緒にいた女の子が、ウィニーが臭いと言って「プー」といったとか、クリストファー・ロビンが親しんでいた池の白鳥の名前だとか、いくつか説があるようですが、確かなところはわかっていません。

プーは、いつも午前十一時には、なにかひと口やるのが、すきでした。そこで、いま、ウサギが、お皿やお茶わんをとりだすのを見ると、たいへんうれしく思いました。

――『クマのプーさん』

一一時というのはイギリスでは「イレブンジズ」と呼ばれるお茶の時間のひとつ。ハチミツ好きのプーは、仲間のウサギにパンにハチミツをつけるか、コンデンスミルクをつけてお茶と一緒に食べるかと聞かれて、この上なく幸せを感じるのでした。

原文では、ウサギがとりだすのはplates and mugs（皿とマグ）となっていますから、皿にはパン、そして、マグには紅茶を注いだことでしょう。

ロンドン動物園の
クマのウィニーの銅像

ウィニー・ザ・プーの名前は
実在した動物園のクマの
ウィニーに由来することが
書かれている

プーさんも好きなイレブンジズは、クック家でも日常のことでした。庭仕事が好きなご主人のアーサーですが、一一時になると庭のベンチに座って一杯の紅茶でひと休み。私も庭に紅茶を運び、一緒に心地よい風に吹かれて紅茶を楽しんだものでした。

イギリス人ほどよく紅茶を飲む国民はいないと言われています。朝、目が覚めたところでまずベッドの中での一杯。次いで、朝食、一一時のイレブンジズ、昼食、四時頃のティータイム、夕食、夕食後のティーと、まるで句読点を打つように、イギリスの人たちの生活の一区切りをつける役目として、一杯の紅茶を飲む時間が存在しているのです。

『クマのプーさん』のお話も、クリストファー・ロビンが開くお茶会で幕を閉じています。

ここでちょっと茶の歴史を振り返ってみましょう。イギリスでは今でこそ茶園が存在するようになりましたが、茶の栽培を自国でしてこなかったイギリスが、世界有数の紅茶消費国となったその背景にはなにがあったのでしょうか。茶のルーツはいうまでもなく中国です。中国で喫茶の風習が一般に広まったのは、五世紀末頃からといわれています。その茶が日本に伝わり、本格的に普及したのは鎌倉時代以降のことです。ヨーロッパ人が中国の茶を知るのは、一六世紀後半になってからのこと、一七世紀に入り、航海術に優れていたポルトガル、オランダの商人が東洋に交

ベッド上での朝食前のお茶のセット

スコットランド生まれの
ショートブレッドとお茶のセット。
ナイフとフォークにティーナフキン

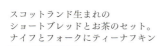

易に訪れ、実際にオランダ人が茶の買い付けを始めます。茶は東インド会社によって、オランダ、イギリス、フランス、ドイツへとほぼ同時にもたらされますが、のちに広く国民的飲料としてその文化を発展させたのは、面白いことにイギリスだったのです。

オランダから持ちこまれた茶がイギリスで初めて売り出されたのは、一六五七年、ロンドンのコーヒーハウス「ギャラウェイ」でした。茶は、日本同様、イギリスでも万病に効く、高価な薬として売られました。その宣伝文句は「頭痛、胆石、壊血病、健忘症、風邪のほか、体を興奮させ、眠気を覚まし、一晩中でも勉強に没頭できる」というものでしたが、まだまだ庶民には手が出ない高級品でした。

ヨーロッパ人がはじめに輸入したのはほとんどが緑茶でしたが、中国に買い付けに来たイギリス人が偶然にも後にボーヒーと呼ぶ発酵した紅茶を手に入れることになり、それがイギリスで好まれるようになったということです。

一六六二年に、ポルトガルからチャールズ二世の元に嫁いできたキャサリン王妃が茶を大いに愛飲したことから、イギリスの女性の間に茶が人気となっていきました。この王妃は砂糖と紅茶を持って、イギリスに嫁いだといわれ、砂糖を入れて紅茶を飲んでいた初期の時代のひとりでもあるようです。コーヒーが最初、男性の飲み物として普及したのに対して、茶は女性の飲み物として宮廷から上流階級へと広がり、やがてコーヒーよりもイギリスの家庭に定着することになります。

一八世紀末に茶に対する関税が大幅に引き下げられ、茶の値段は急激に下がりま

紅茶の販売でも有名な
ロンドンの老舗デパート、
フォートナム・アンド・メイソンでは
棚にずらりと並んだ紅茶の缶から
量り売りで買うこともできる

す。そうなってはじめて、茶は広く農民や労働者の間に普及し、毎日、茶がなければ暮らせないイギリス人の生活パターンが定着することになったのでした。紅茶にミルクを入れる今ではごく一般的な習慣は、中国からの茶に接したイギリス人が開発した飲み方でした。

一八六〇年頃からはインド茶が登場し、次いでセイロン茶も加わり、またたく間に中国茶を追い出して、世界市場を征服してしまいます。品質と香り、その生産量で中国を上回り、その結果イギリスでは安くて、しかも嗜好《しこう》にあったインド、セイロン茶などを毎日飲むようになったのでした。

プーさんのお話では、ハチミツのほかはあまり食べ物が描かれていないのですが、カンガとルー坊というカンガルーの親子の好きなものとして、セリ(原文ではウォータークレス)のサンドウィッチとビスケットが登場します。サンドウィッチとビスケット、まさしく紅茶と一緒に楽しむ代表的な食べものです。

> そこで、ルーのたべるセリのサンドウィッチと、トラーのたべる麦芽サンドウィッチの包みをもたせて、いたずらをしないように、森でおひるまえゆっくりあそんでおいでと、ふたりをだしてやったのです。
>
> ――『プー横丁にたった家』

サンドウィッチ伯爵が、チェスのゲームを中断するのが惜しくて、片手で食べな

三段重ねのアフタヌーン・ティーでは
最初に食べることになっている
サンドウィッチ

キュウリのサンドウィッチ

がらできるようにということで生まれた、サンドウィッチ。イギリスのスーパーマーケットに行けば、いろいろな具が挟まった三角形のサンドウィッチが棚にずらりと並んでいますし、サンドウィッチ・バーなる店では、好きなパンに好きな具を挟んで、目の前で作ってくれます。

そして、ビクトリア朝時代に定着したアフタヌーン・ティーでも、その本来の始まりが昼食と夕食との間の空腹を紛らわすためというだけあって、サンドウィッチは欠かせません。セリではなくて、キュウリを挟んだものですが。今でこそ、キュウリは一年中出回っているので冬でも使えますが、日本でも昔はそうであったように、ビクトリア朝時代ではキュウリの収穫は夏のみ、太陽の恵みで育つ夏の味わいであったのです。そのため冬にはサンドウィッチではなく、クランペット（イギリス発祥の軽食パン）やマフィンなど、暖炉でこんがりとあぶってから食べるトーストしたものが供されたのでした。

アフタヌーン・ティーは、一八四〇年代に、七代目のフランシス・ベッドフォード公爵夫人のアンナ・マリアが始めたものといわれています。当時昼食は一時頃、そして夕食は八時頃に食べる習慣であったため、その間の空腹を埋めるために、夫人は四時頃にお茶と何かをつまみました。そこから生まれたお茶の時間というものを、人を招き、お菓子とともに楽しむ、社交という文化の場に高めたのでした。

夫人は、結婚前ビクトリア女王の侍女を務めていた縁から、女王をアフタヌーン・ティーでもてなしました。すると、ビクトリア女王までもがその習慣を気に入

7代目のベッドフォード公爵夫人の館、ウォーボン・アビー。ここのブルー・ドローイング・ルームでアフタヌーン・ティーの習慣を始めた

り、生活に取り入れたことで、宮廷にまでその文化は広がっていきました。女王の名が付けられた、ラズベリージャムを挟んだバターケーキの一種、ビクトリア・スポンジ(またはサンドウィッチ)は、お茶の時間のお菓子として今も定番です。

このお茶の時間は、よりくつろげるように、食事のためのダイニングルームではなく、ソファーやコーヒーテーブル程度のものがあるゆったりとした居間で楽しまれました。そのため、お菓子を置く場所が充分にありません。それを補うものとして、床にそのまま置く、木製の三段重ねの「ケーキスタンド」が使われました。今でもアンティークのマホガニー製やオーク製のものが残っています。イギリスでも、日本でも、テーブルに置く三段重ねのスタンドは、ティールームやホテルなどで商業的にアフタヌーン・ティーが供されるようになってから生まれたものです。ちなみにハイ・ティーは、農家や労働者の家庭で夕方の早い時間、五、六時頃に、夕食代わりにお茶と一緒に食事をとるもので、肉や魚料理も供されます。

そして、ビスケットはいつのお茶の時間にもそのお供として身近で欠かせないお菓子です。お菓子を焼く家庭なら、ホームメイドのビスケットがいつも決まった缶の中に入っていて、毎日のお茶の時間を彩ります。

ビスケットは、その語源はラテン語の panis bis coctus に由来し、その意味は「二回焼いたパン」。それに相当するものとしては、パンをスライスしてカリッと焼きあげる、ラスクが一番近いものといえるかもしれません。今でいう、ビスケットといえば、小麦粉を主材料としたパリッと、サクサクとした食感の、甘く小さな焼

ビクトリア女王から
その名が付いたケーキ、
ビクトリア・スポンジ

サンドウィッチ、
スコーン、ケーキがのった
三段重ねのアフタヌーン・ティー

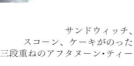

き菓子、となるでしょうか。一九世紀になり、砂糖が安価で手に入るようになり、広く使われるようになってからは、重曹のような膨張剤の普及とともにさっくりとしたビスケットの種類が急速に増えることにつながりました。

アメリカではこのビスケットのことを、クッキーと呼び、ビスケットというと、スコーンのような厚みのあるふかふかしたパンのようなものを指します。同じ英語でも国が違うと食べ物の呼び名も違って面白いものです。

プーの世界は、ミルン一家が大好きだった田舎の自然に、ぬいぐるみたちの生きるファンタジーの世界を重ねたものでした。一九二四年、ロンドンのチェルシーに住んでいたミルン一家は、週末を過ごすための家として買った、イースト・サセックス地方のコッチフォード・ファームに引っ越しますが、その家の周辺にあるお気に入りの場所が舞台となっているのです。そこにはアッシュダウン・フォーレスト、「アッシュダウンの森」が広がっています。その自然とぬいぐるみの動物たちはクリストファー・ロビンとともに、共存していったのです。

プーとクリストファー・ロビンの「魔法の森」の舞台は、ロンドンから南東へ約五六キロメートルのところにあります。私が住んでいたウィンブルドンは、ロンドンの南になるので、家から一時間半ほど車を走らせれば着いてしまうほどの近さでした。プーに会いに週末のドライブによく出かけたものでした。

ちょうど森の入り口にあたるところにあるのが、ハートフィールドと呼ばれる小

ガリバルディ・ビスケット。
イタリア統一に尽力したイタリア人の革命家
ジュゼッペ・ガリバルディのイギリス訪問を記念して
1861年に作られたという。

ショートブレッド。
スコットランドの国花である
アザミの花の模様を付けて焼いている

さな村。とても小さな村ですが、郵便局の先にクリストファー・ロビンがブルズ・アイ(Bullseye)というミントキャンディーを買いに来ていた駄菓子屋さんがありました。その店が今では「プー・コーナー」というプーさん関連の本やグッズを売る店になっています。「プーの森マップ」なる地図も売っていて、プーの世界へと誘う場所なのです。

ハートフィールド村を出て、まずはプー棒投げ橋(Pooh bridge)へと向かいます。近くにはコッチフォード・ファームがあるはずなのですが、ミルン一家が去った後も、個人の所有となっているので、私は訪ねたことはありません。

橋に着くと、手に小枝を持った子どもたちが両親に連れられて次から次へとやってきます。

> ながいあいだ、三人はだまって、下を流れてゆく川をながめていました。すると、川もまただまって流れてゆきました。川は、このあたたかい夏の午後、たいへんしずかな、のんびりとした気分になっていたのです。
>
> ——『プー横丁にたった家』

物語の中でこの文章に添えられた挿絵そのままの光景が、今目の前にあるではありませんか。橋も、まわりにできている柵までそっくり同じです。

クリストファー・ロビンが木の枝を持ち、橋の柵に上って、川に投げようとして

プー・コーナー

プー・コーナーで
売られている
ブルズ・アイ

プー棒投げ橋への
素朴な標識

プー棒投げ橋への道は、
フットパスと呼ばれる
野原の中を通る道

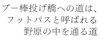

いる姿が、今同じことをしている子どもたちの姿に重なります。橋の一方で枝を投げ、急いでもう一方へ行ってのぞきこむというシンプルな遊び、それがこの橋の上では昔と変わることなく行われているのです。「プーさんの世界は生きている」、そう実感するのです。かつて、幼かったクリストファー・ロビンもこの子どもたちのひとりであったのです。

来た道をまた戻り、車で国道をさらに南の方向に進むと、一面を見渡せる小高い丘のようなところに着きます。ここがアッシュダウンの森の「ギルズ・ラップ」。夏に行くと、ハリエニシダの黄色い花の茂みと煙るようなヒースの紫色の花で丘全体がどこまでもおおわれています。ここの駐車場で車を止め、イギリスの人たちは、トランクから出した長靴に履き替えてから歩きに出かけていきます。

こうなると、プーはもう、奇襲とは、どんなものかわかってしまったものですから、いつか、じぶんが大きな木からおちたとき、ハリエニシダの木が、とつぜん、じぶんにとびかかってきて、すっかりとげをぬいてしまうまでには、六日もかかったといいました。

――『クマのプーさん』

プーさんのお話にハリエニシダがたくさん登場するわけは、この自然にあったのでした。英名ではゴース(gorse)と呼ばれるマメ科のとげを持つ常緑かん木で、ヨーロッパでは荒地や草地のいたるところに群生する植物です。黄色い花は愛らしいの

プー棒投げ橋で
遊ぶ子どもたち

ギルズ・ラップからノースポールを望む

ギルズ・ラップに咲く、
ハリエニシダ

ですが、茎全体に太いとげがあり、それがプーを悩ませたこともうなずけます。gorse の語源は gorst で、荒野を意味します。アイルランドでは、家畜や作物を守るおまじないとしてメーデーや夏至祭にハリエニシダの茂みに火を放つ習慣もあるとか。

訳者の石井桃子さんは「プーと私」というエッセイの中で、こう書かれています。

こうして、頭のわるいクマのプーは、いまだに、ただおもしろおかしいだけでない、「思案のしどころ」へ、たえず私をつれていってくれるのだが、しかし、「プー」の本にかぎって、私は、あえて、分析しようと思わない。魔法は魔法でとっておきたいからである。

「魔法は魔法」、本当にそうなのだ、と思います。理屈抜きに、ただただ面白いと子どもが楽しむように、『プーさん』の心を楽しめばいいのですね。ハチミツやお菓子を、ただただ美味しい、と楽しむように。

ギルズ・ラップ近くの
眺めの良い場所にある、
ミルンとシェパードの業績を記念した
メモリアル・プレート

クマのプーさん✦RECIPE

ハニー・バナナマフィン
Honey & Banana Muffin

〔材料〕＊直径 7 cm のマフィン型 6 個分

キャラメルバナナ
バナナ……120 g
グラニュー糖……大さじ 2

生地
☆薄力粉……85 g
☆強力粉……35 g
☆シナモン粉……小さじ 1
☆ベーキングパウダー……小さじ 1
（アルミニウム不使用のものが望ましい）
クルミ……30 g（レンジ（500 W）で
1 ～ 2 分ほどから焼きし、大きめに刻んでおく）
無塩バター……40 g
ハチミツ……80 g
プレーンヨーグルト（無糖）……40 g
卵……1 個（M ～ L サイズ）
バナナ（飾り用）……5 mm 厚さ 6 枚

1. キャラメルバナナを作る。鍋にグラニュー糖、水小さじ 1 を入れて火にかける。

2. 中火で加熱し、グラニュー糖が溶けたら弱火にしてキャラメル色になるまで煮詰める。

3. 火を止めて、7 mm ほどの厚さにスライスしたバナナを加え、再び弱火でバナナとキャラメルをよくからめたら、火からおろし、冷ましておく。

4. 生地を作る。あらかじめオーブンは 170 度に温めておく。室温に戻し、柔らかくしたバターをボウルに入れ、泡だて器でクリーム状になるまですり混ぜる。ハチミツを加えてさらによく混ぜる。

5. 卵を溶きほぐして少しずつ 4 に加えてすり混ぜる。☆の粉類を合わせてふるったものを加えて、ゴムベラに代えて切るように混ぜ、だいたい混ざったところで、ヨーグルト、クルミ、3 のキャラメルバナナを加えて、さらに全体が均一な状態になるまでよく混ぜ合わせる。

6. カップを敷いたマフィン型の 7 ～ 8 分目くらいまで 5 の生地を入れ、飾り用に切った輪切りのバナナを上にのせる。あらかじめ温めておいたオーブンで 20 分ほど、中央に竹串を刺して生地がつかなくなるまで焼く。焼けたら金網にのせて冷ます。

ツバメ号とアマゾン号

ピリッと懐かしいシードケーキ

まさに『ツバメ号とアマゾン号』の世界がそこにはありました。バンク・グラウンド・ファームの建物が並び、そこから湖に向かってなだらかな斜面になる緑の草原を背に、私はひっそりと静かに、キラキラと輝くコニストン湖の水面に向かって、湖畔に立っていました。遠くには帆を風になびかせて進むヨットが見えます。きっとこの湖畔でツバメ号に向かって、あの小さい赤ちゃんを抱いたお母さんは手を振っていたに違いない。そのツバメ号にはまさにこれから島への冒険にでかけようと、張り切って手を振る子どもたちの笑顔があったのだと。アーサー・ランサムは、『ツバメ号とアマゾン号』から始まる一二冊のシリーズの中で、長い休みを生かして楽しむ子どもたちの姿を生き生きと描きました。

『ツバメ号とアマゾン号』では、ウォーカー家の四人の子どもたち、ジョン、スーザン、ティティ、ロジャが主人公です。彼らと母親、まだ赤ちゃんのヴィッキイがナース(世話係)とともに夏休みに滞在するハリ・ハウは、湖水地方、コニストン湖の北東にあるこのバンク・グラウンド・ファームがモデルとなっています。現に

ランサム・サーガ1

『ツバメ号とアマゾン号 上下』

アーサー・ランサム 作・絵　**神宮輝夫** 訳

ウォーカー家の4人兄妹は、小さな帆船ツバメ号をあやつり、子どもたちだけで無人島ですごします。湖の探険、アマゾン海賊との対決……自然のなかで遊ぶ楽しさいっぱいの冒険物語。

(岩波少年文庫、2010年)

ランサムは、この物語の草案では、ハリ・ハウではなく、バンク・グラウンドと書いていたそうです。

湖水地方といえば、私は、ビアトリクス・ポターの足取りを追いかけてばかりいましたが、その年は、ハリ・ハウのモデルとなったファームに泊まるために、コニストン湖にやってきました。娘が大きくなる前に、その物語の場所を体験させたいと思ったことも、ここでの滞在を決めた大きな理由でした。ウォーカー家の子どもたちのお母さんは、母となった私にとってもあこがれの存在でした。子どもたちのやりたいことをダメと禁止するのではなく、その気持ちを尊重し、一緒に楽しみ、陰から支える、その温かいまなざしが好きなのです。私は、彼らの「おかあさん」には及びもつきませんが、一人っ子である娘に、兄妹のような同じ年頃の友だちと自然の中で過ごす楽しさを体験してほしい、と願ってきました。自由で、自然に恵まれた幼稚園を選び、キャンプやスキーなどの野外活動を娘に勧めたのも、あっという間に過ぎてしまう、魔法のような時間の子ども時代を心から楽しんで成長してほしいという思いがあったからです。その思いはきっと子どもたちを見つめる「おかあさん」の気持ちと同じかもしれません。娘がまだ幼い年頃に、ツバメ号の子どもたちのような経験を少しでも味わわせてあげられたら、とコニストン湖にも訪れたいと思ったのでした。

コニストン湖を見下ろす、小高い丘の上を走る車道沿いに、ファームの看板がありました。その看板がなかったらきっと通り過ぎてしまうところだったでしょう。

ファームの入り口から見下ろす
バンク・グラウンド・ファームの
建物とコニストン湖

入り口から緑の中の坂道を下るようにして進んでいくと、そこに建物が見えてきます。その建物の向こうにはコニストン湖の湖面が夏の日差しを受けて輝いていました。そして「オールドマン」の山の姿も美しくそびえています。湖水地方にはそう高い山はありませんが、このオールドマンは標高八〇三メートルあり、ひときわ凜とした姿で、湖を見下ろしています。

このファームは建物がL字形になっていて、母屋はB&B(bed & breakfast)として、日本風に言えば民宿として、離れにあるコテージでは週単位で滞在する長期滞在の宿泊客を受け入れています。

着いた時はちょうどお茶の時間が終わろうとしていた時でした。このファームでは週末だけ、庭先でティールームを開いていました。お菓子作りの得意な近所の奥さんが焼いたお菓子が楽しめるとあって、街のティールームとはまったく違う家庭的な雰囲気がうれしいのでした。

マストのスオートの下には、マストの両側に大きなビスケットの缶があって、中には、パン、砂糖、ビスケット、コンビーフの缶づめ、いわしの缶づめ、つぶれないように、べつべつに包んであるたくさんのたまご、それから大きなシードケーキも一つ入っていた。

――『ツバメ号とアマゾン号』

ツバメ号の子どもたちは、このハリ・ハウから、ヤマネコ島と名付けた小さな島

バンク・グラウンド・ファームでのお茶の様子

コニストン湖とオールドマン。
オールドマンは「オールドマン　オブ　コニストン」とも呼ばれ、コニストンはそのハイキングの拠点としても知られている

まで、船を操り、そこでテントを張り、子どもたちだけで一週間生活する計画を立てます。生活するための食料として、ボートにはこんな食べ物が積みこまれていたのでした。その中に、シードケーキが入っていたことが私には何よりうれしいことでした。

シードケーキは、かつてイギリスの知人宅で味わったことはあるのですが、最近ではティールームでも全く見かけなくなってしまったケーキであるだけに、心魅かれるのです。しかも、シードケーキはこの物語に何度も登場しています。

「以前にはイギリスで広く好まれていたが、オールドファッションな、もはやめずらしい存在であり、ほとんど作られることはない」と、私が信頼する *The Oxford Companion to Food* にまで今やこのように書かれる存在となっています。

シードケーキの「シード」とはハーブの一種、キャラウェイ(ヒメウイキョウ)の種子、シードのことです。ザワークラウトや、黒パンなどに入っていることも多く見られるので、味わったことがある方も多いことでしょう。シードケーキは、プレーンなバターケーキにこのキャラウェイシードを加えただけの素朴なケーキです。たっぷりのバターの風味と、歯にあたるとピリッと、舌先がしびれるような、独特の強い風味を醸し出すキャラウェイシードの組み合わせは不思議に美味しいのですが、古きものを愛するイギリスでもこの味わいは、すでに時代遅れということのようです。シードというと、ケシの実であるポピーシードを指すことのほうが多くなってきています。ところが一七世紀から二〇世紀の半ばにかけては、この風味が好まれ、

バンク・グラウンド・ファームの船着き場

シードケーキ

ケーキばかりかパンやビスケットなどにまで広くこのキャラウェイシードは使われていたのです。

麦の種まきを順調に早くすませることができた春には、それを祝ってささやかなお祭りが行われました。そもそもキャラウェイシードが麦の穂を象徴することから、種まきをしてくれた労働者にその祭りでふるまわれるものが、このシードケーキと飲み物のエールだったのです。同様に秋の収穫のお祭りでもこのケーキとエールがふるまわれました。

このシードケーキは他にもさまざまな物語に登場します。ジョイス・L・ブリスリーの書いた『ミリー・モリー・マンデーのおはなし』では、主人公の小さな女の子、ミリー・モリー・マンデーが、お使いのお駄賃として、モッグスのおばさんからもらうのが一切れのシードケーキ。日本語訳では「たねいりケーキ」となっていますので、どんなケーキなのか、と思われた方も多いことでしょう。また、ビアトリクス・ポターの書いた『キツネどんのおはなし』でも、ピーターの従兄弟ベンジャミンの父親バウンサーさんが森で出会ったアナグマ・トミーにケーキとさくら草酒をごちそうしたいと誘います。日本語訳ではただケーキと訳されていますが、原文ではシードケーキとなっています。また、ポターは『「ジンジャーとピクルズや」のおはなし』のなかでシード・ウィッグというキャラウェイシード入りのパン菓子も登場させています。石井桃子さんの訳では「菓子パン」となっているものです。湖水地方ではクリスマスにこのウィッグとエルダーフラワーの実で作ったワイ

ナンシーが「ジャマイカ・ラム」と名付けた飲み物はこのレモネードのこと。イギリスの夏には欠かせない

ンを飲む習慣があったと伝えられています。

また、アガサ・クリスティーが書いたミステリーのひとつ、『バートラム・ホテルにて』では、ミス・マープルがホテルでのお茶の時間に注文するのがシードケーキです。「ほんもののシードケーキでしょうね？」とウェイターに念を押して頼む場面がありますが、本当にキャラウェイシードが入ったものかどうかを確かめていたのかもしれません。レーズンが入ったものをシードケーキと呼ぶこともあったようですから。

こうしてみると、シードケーキは今から数十年前までは、今よりずっと身近で、暮らしの中で楽しまれていたお菓子なのだ、ということが浮かび上がってきます。

「自分で好きなものをとってくれよ。」と、船長《キャプテン》フリントがいったので、みんなは、好きなものをとってたべ、こうして宴会は、はじまった。ごちそうは、リオで買える最上品を、船長フリントが手をつくしてとりよせたものだった。たとえば、イチゴアイスクリームのような氷菓子、パーキン、バースバン、ロックケーキ、ジンジャークッキー、チョコレートビスケットといった類《たぐい》だった。

泥棒が盗み、隠したフリント船長の大切な原稿がツバメ号とアマゾン号の子どもたちのおかげで見つかった、そのお祝いの会、美味しそうなお菓子がずらりと並ぶのが魅力的な場面でもあります。

ローマ時代の温泉があることで有名なバースの町に伝わるパン、バースバン

パーキン。ジンジャーブレッドの一種

リオはウィンダミア湖の中心地であるボーネス・オン・ウィンダミアのこと。人が多く、いつも賑やかなのでカーニバルのある南米のリオのようだということで、ランサムが名付けた地名です。お菓子の中で、ロックケーキは、ナツメグやミックススパイスなどが入るのが特徴で、表面がごつごつしていて岩のように見えるところからこの名前が付けられました。イギリスのお菓子はシンプルな焼き菓子が主ですが、スパイスがさりげなく香るところも特徴です。このロックケーキは、卵も砂糖も一般のケーキより少なくすむということから、第二次世界大戦中の物資が厳しい時代には、イギリス食品省が推奨したことも、イギリスにそれが広まった大きな理由となったようです。戦争中は、薄力粉より手に入りやすかったオートミールが多く使われました。オートミールを使うとより粗い生地になり、ロックケーキの名にふさわしく、岩のようなごつごつした焼きあがりになるので、好都合だったかもしれません。

J・K・ローリング作『ハリー・ポッターと賢者の石』ではハリーたちが、ハグリッドの小屋をはじめて訪ねたときにごちそうになるケーキとして登場します。ハグリッドの手にかかると本物の岩のように固いロックケーキに焼きあがってしまっているようですが……。

一九五八年にランサム自身が物語の誕生について書いたエッセイが、原書に載っています。

ロックケーキ

私は今までにも、どのように『ツバメ号とアマゾン号』を書くに至ったかを聞かれたことがありますが、答えは、始まりはずっとずっと昔の子ども時代に、兄弟姉妹たちとコニストン湖の南端にあるファームで過ごした休暇にあるということです。私たちは湖で遊び、周囲の丘では、農夫や羊飼いと友達となり、湖岸で煙をたてている石炭職人とも友達になりました。私たちはこの場所を愛していました。

——'Author's note'（筆者訳）

そもそも、父も祖父も湖水地方出身の家に生まれ、生まれてたった数週間しか経っていないランサムを父親は背負って、オールドマンの頂上まで登ったといいます。現リーズ大学の歴史の教授であった父親は、湖水地方を愛するナチュラリストであり、釣りが何よりも好きな田舎を愛する人でした。七歳から父親が亡くなる一三歳まで、ランサムは長い夏休みをコニストン湖のほとりに立つ、スェインソンズ・ファームで過ごしたのでした。家族全員がこの場所を「魔法の場所」とたたえ、三カ月の夏休みは、どっぷりと湖水地方の住人となったのでした。父は釣りを楽しみ、母は水彩画を描き、ランサムたち四人の子どもにとっては、そこはまぎれもなく自由なパラダイスでした。子どもたちだけでピール・アイランドまで船を漕ぎ、ピクニックを楽しんだり、そこに生きる動物たちをはじめ、郵便屋さん、狩猟小屋の番人、炭焼き職人、魚屋さんなど、土地の人々との交流を深めました。干し草作りを

オールドマンからコニストン湖を望む

湖でボートを楽しむ家族連れ

手伝ったり、牛乳からバターを作ったり、マスを生け簀に囲ったり、湖水地方ならではの田舎の生活を満喫していたのです。

子どもの頃のここでの生活が、終生ランサムの理想となりました。当時コリンウッド家がバンク・グラウンド・ファームのすぐ上に住んでいて、その家の子どもたちロビン、ドーラ、バーバラ、ランサムと同年代で、彼らとの交流は長く続きました。ランサムはバーバラ、ドーラの二人に求婚して断られるという経験をしています。その直後に出会い、結婚したアイビーという女性との間に娘が生まれます。アイビーとの離婚後、記者として活動したロシアで出会ったエヴゲーニアという女性と再婚して、憧れの湖水地方に住むことになります。

ランサムに子ども時代を呼び起こさせたのは、ハリ・ハウのモデルとなったバンク・グラウンド・ファームに、結婚したドーラが、夫のアルトゥニアンとともに一九二八年から二九年にかけて滞在し、その四人の子どもたちと触れ合ったことでした。共同で「ツバメ号」と名付けたボートを持ち、コニストン湖でのボート遊び、釣りを一緒に楽しんだのです。彼らがシリアへ帰ってしまうと、ランサムは、一緒に過ごした楽しい思い出を本に書いてアルトゥニアン家の子どもたちに届けたいと思うようになりました。呼び起こされた、自分の子ども時代の思い出も重ねて、『ツバメ号とアマゾン号』の世界が生まれることになったのです。すでにランサムは四五歳になっていました。四作目の『長い冬休み』を書き上げたランサムは、一九三一年にアルトゥニアンとともに帆走したノーフォーク・ブローズを新たな作品

湖畔からバンク・グラウンド・ファームの建物を見る

の舞台として取り上げました。ランサムは彼と幾たびかボートをともにし、「アーネストはブローズの偉大な船乗りだし、ブローズに関する書籍もたくさん持っているんだ」と、知人への手紙に書いたこともありました。

私は、この物語と船をこよなく愛する夫の友人一家とともに、ノーフォーク・ブローズをボートで旅したことがあります。その日私たちは、朝早くロンドンを発ち、高速道路を北に向かって車を走らせました。目指すはレクサム。ここからボートを借りて、ビュアー川を下り、湖沼地帯、ノーフォーク・ブローズを訪ねようという計画です。ボートはエンジンの付いた立派なものですが、免許は必要ありません。

「トッ、トッ、トッ」船は滑るように進みます。川沿いにはわらぶき屋根や、カラフルにぬった色とりどりのコテージがあり、寝椅子の上に日光浴する人たちがボートに向かって笑顔で手を振ります。ボートの後ろからは『オオバンクラブ物語』（ランサム・サーガ5）という題名にもなっている水鳥のオオバンが白と黒のまだらの顔を水に入れたり出したりしながら愛嬌いっぱいについてきます。物語の中の子どもたちは、このオオバンを守るためにノーフォーク・ブローズを舞台にボートに乗って活躍するのです。途中昼食に船を停めたのは、川辺に建つパブ、「白鳥亭」の立つところでした。ここは物語の中にそっくりそのまま挿絵に描かれています。私たちはそのパブのとなりにあるティールームに入ったのですが、そこで私たちと同じようにこの物語の舞台を訪ねてきたイギリス人一家に出会いました。

「私も子どもの頃は、夢中でこのお話を読んだものですよ。それで、ランサムに

『オオバンクラブ物語』に出てくる
「白鳥亭」というパブ

ノーフォーク・ブローズ。
免許がなくてもボートの旅が楽しめる

手紙を書いたら、ちゃんと返事をくれたの。それからますますお話が好きになってしまって。子どもの気持ちを大切に思う人だから、あのようなお話が書けたのね」そう語ってくれた、かつて少女であったおばあさんは、幼い孫たちに『オオバンクラブ物語』の一節を読み聞かせているところでした。子どもたちが熱心に聞き入っている姿がなんともほほえましく、日常の暮らしにこうした物語の世界を感じることができる、そんなイギリスの子どもたちはなんと豊かで、幸せなことかと思ったものでした。今も物語の世界は暮らしの中に息づいているのです。

ヨットを楽しむ人も多い
ノーフォーク・ブローズ

ツバメ号とアマゾン号✦RECIPE

シードケーキ
Seed Cake

〔材料〕＊ドーナツ型1個分・約1000ml入るもの

無塩バター……170g
グラニュー糖……170g
卵……3個(M～Lサイズ)
薄力粉……150g
ベーキングパウダー……小さじ1強
(アルミニウム不使用のものが望ましい)
塩……ひとつまみ
アーモンド粉……40g
キャラウェイシード……小さじ1強

1. 型にベーキングシートを敷く。オーブンはあらかじめ170度に温めておく。

2. ボウルに室温に戻したバターを入れ、グラニュー糖を加えてハンドミキサー、または泡だて器ですり混ぜる。

3. よく溶いた卵を少しずつ加えて、さらによくすり混ぜる。

4. アーモンド粉をふるいながら加える。さらに薄力粉、ベーキングパウダー、塩を合わせてふるったもの、キャラウェイシードを加え、ゴムベラで切るように混ぜる。生地が堅いときは、牛乳大さじ1～2程度(材料外)を加えて調節する。

5. 1で用意した型に入れ、あらかじめ温めておいたオーブンで40分ほど、中央に竹串を刺して生地がつかなくなるまで焼く。

6. 焼けたらオーブンから出し、粗熱が取れたら型から取り出す。

＊パウンド型、丸型などお好みの型でも。

時の旅人

エリザベス朝時代のハーブ香るタイムファンタジー

この物語の謎解きの鍵は、ハーブにあります。過去と現在、時代を超えて、人々の生活に息づくものとして、ハーブの様々な顔がその香りとともに描かれる、それこそがこの物語の魅力だと思っています。

ロンドンに住む病弱な少女、ペネロピーは、転地療養のためにダービシャー地方の田舎にある、母方の大おばさんティッシーとその弟バーナバスが住むサッカーズ農場にやってきます。その屋敷は、古いながらもティッシーおばさんによってさっぱりと片付けられ、磨きこまれた古い家具で整えられています。そこに漂うのは、「ラベンダーと、私の知らない強いにおいのする何種類ものハーブの香り」、その複雑に混ざり合ったハーブの香りに満ちる、田舎の古い家の様子が描かれています。鍵となるハーブの中でも、ラベンダーは物語を通していつもかぐわしく香っています。

ペネロピーがやってきたサッカーズ農場は、一六世紀の昔には、荘園領主のバビントン家の屋敷で「サッカーズ」と呼ばれていました。

『時の旅人』

アリソン・アトリー 作　**松野正子** 訳
フェイス・ジェイクス 絵

親戚の農場にやってきたペネロピーは、ふとしたことから16世紀の荘園に迷いこみ、そこでくりひろげられていた王位継承権にまつわる歴史的事件に巻きこまれます。時を往復する少女の冒険物語。（岩波少年文庫、1998年）

「もう一つべつの暮らしが、時の重なりのあいだで営まれているのでした。」とあるように、何百年も経つ家が残るイギリスならではのことですが、昔からずっとある建物には、過ぎてきた時代とともにそこに生きていた人々の暮らしが息づいていて、その場所には過去も、現在も存在しているのです。この物語はその家が持つ、二〇世紀と一六世紀という二つの時を行ったり来たりしながら、それぞれの時代の生活を体験することになる少女のタイムファンタジーです。

『トムは真夜中の庭で』では、大時計が一三回、時を打つ音が過去の時間が開かれる合図でしたが、この物語では、ふとした時に少女の意思とは関係なくそれが起こります。ひざかけを取りに二階の部屋に行くと、あるはずのないドアがあり、それを開けると一六世紀の衣装をまとった貴婦人たちが座っていたり、また着替えのために、二階の部屋のドアを開けると、あるはずのない階段を転げ落ち、一六世紀の暮らしへと迷いこんだりしてしまうのです。

一六世紀のバビントン家には、当主のアンソニー夫妻、弟のフランシス、アンソニーとフランシスの母のフォルジャムの奥方たちに加え、たくさんの使用人が住んでいて、大黒柱として台所でみんなをまとめているのはタバナー家のシスリーおばさんでした。この人がペネロピーが見間違えるほど、現代のサッカーズ農場を切り盛りするティッシーおばさんにそっくりなのです。それもそのはず、ティッシーおばさんは、代々バビントン家に仕えてきたタバナー家の子孫だからです。

サッカーズは、裕福な大きな屋敷で、広大な敷地には教会も建ち、ノットガーデ

サッカーズのモデルとなった屋敷、「マナー・ファーム」

ンを思わせるフォーマルなハーブガーデンがある、この地域一帯を治める荘園でした。

二つの時代を往復するペネロピーですが、その彼女のまわりで時を超えて変わらなかったのは、「刈りたての干し草と野バラとラベンダーと、そして、古い時代とがまじりあったにおい」、この香りがなによりの安心感をペネロピーに与えています。

サッカーズ農場にやってきたペネロピーを迎えたのは、ラベンダーの香りのするタオル、台所の天井にぶらさがるハーブの束から部屋中に漂ういい匂い、ティッシーおばさんがシーツやタオルを入れておく大きな衣装箱のハーブの香りでした。

「そりゃ、クルマバソウとヨモギギクの香りだよ」と、おばさんはいいました。「牧場でつんできて、よくかわかしてから衣装箱《チェスト》に入れるんだよ。虫よけにね。」

――『時の旅人』

クルマバソウは英名がウッドラフ。五月にイギリスの田舎の森を歩いていて、偶然にも白い小花をつけたウッドラフがカーペットのように一面咲き乱れる光景に遭遇したことがあります。乾燥すると甘いバニラのような香りを放つその葉には防虫効果があるので、虫よけ袋（モスバッグ）に入れたり、かつては枕やベッドのマットレスの詰め物にも使われました。名前のラフは、一六世紀の貴婦人たちが着ている洋服についたレースの襟飾りのこと。まるでその襟飾りのレースのような、切れこ

ドライにしたラベンダーやラベンダーのポプリ。庭から摘んだラベンダーは冬の間もその香りを漂わせる

ウッドラフ（クルマバソウ）

タンジー（ヨモギギク）

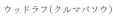

みの入った緑の葉が、襟をはずすようにすっと茎から取れるところから付けられたものです。ヨモギギクと訳されているのはタンジーというハーブ。ウッドラフ同様、防虫、殺菌効果に優れ、洋服などの防虫剤として使われてきました。

ペネロピーの暮らす二〇世紀の農場でも生きるこうしたハーブの利用法は、ペネロピーがタイムトラベルした一六世紀のイギリスからずっと受け継がれているものがほとんどです。なにしろその頃はハーブの歴史で言えば、黄金時代と呼ばれるほど、ハーブが生活に欠かせませんでした。ハーブは家事全般にわたって必需品であり、そのハーブを調達するために、ハーブガーデンは作られていたのです。

「ハーブガーデン」という章からその利用法をのぞいてみましょう。

……ビールに使うハーブは畑と生け垣から、ポセット用のはイチイの垣根のむこうのハーブガーデンへ行かねば。魚料理に使うウイキョウ、フォルジャム奥方様のお体のためにヘンルーダとルリチシャ、お若いバビントン奥方様は枕の上にレモンバームをまくのがおすきだから、忘れずに一つまみ。コンフリーをたっぷりと床にまくハーブと、火にかけてある鹿肉のシチューに入れる月桂樹の葉もね。

わたしら、奥方様とフォルジャム奥方様のポセットに使うハーブを取りに行くところです。……

魚料理には今も欠かせない、フェンネル(ウイキョウ)

エリザベス1世が幼少期を過ごしたという
ハットフィールド・ハウスに再現されたノットガーデン。
16世紀のハーブガーデンの様式がしのばれる

シスリーおばさんに頼まれてペネロピーが摘みに行くハーブの種類とその使い方を見ると、当時の生活が浮かび上がってくるようです。

ビールに使うハーブは、ホップを使ったもののみが、一六世紀にオランダからの新教徒が伝えて以来ビールと呼ばれ、マージョラム、ワームウッド、ヤローなど苦みのあるハーブで作ったものはエールと呼んで区別するようになりました。

ウイキョウ(フェンネル)は、今も魚の臭みを取るのに役立つハーブですが、昔から消化を助ける効用とともに魚料理に使われてきました。ウィリアム・シェイクスピアの『ヘンリー四世』にみられる「アナゴとフェンネルを食う」という台詞からも、アナゴのように脂のある魚にフェンネルを合わせていたことがわかります。

ヘンルーダとルリチシャは、英名ではそれぞれルーとボリジと呼ばれるハーブです。ルーは葉に独特の匂いがあり、今や猫よけのハーブとしてホームセンターで苗が売られているのを見かけます。ところが中世では、殺菌力に優れ、解毒作用、通経剤、頭痛薬、止血剤など三〇近い薬効に富むハーブとして尊ばれていました。ボリジは、マドンナブルーと呼ばれる清楚な青色の星形の花が愛らしいハーブ。楕円形の葉は、触ると痛いほどに細かい毛でおおわれているのですが、若葉にキュウリの香りがあるとして、サラダなどで花とともに楽しまれるハーブです。ボリジという名は、ラテン語のBorago(勇気をもたらすの意であるコラゴの訛)に由来し、強精の効用があることから、この葉と花を浸したワインを飲めば、あらゆる悩み、哀しみが

ボリジ。マドンナブルーと呼ばれる
青い星形の花が愛らしい

殺菌力に富み、
16世紀には疫病よけに大活躍したルー

払われ、楽しく陽気になれるといわれていました。年齢を重ねたフォルジャム奥方様には、体調を気遣ってこうしたハーブが用意されたことが想像できます。

レモンバームは、さわやかなレモンの香りがあり、ハーブティーにしても美味しいもの。この葉に含まれる香りにはメランコリーや神経性の頭痛を癒す効能に優れることは昔から広く知られるところでした。夫の不穏な気配を察知している若い奥方様には枕の上にのせ、この香りによって、穏やかな眠りを誘う必要があったのかもしれません。

コンフリーは、ボリジの仲間で、そのちくちくした毛でおおわれた肉厚の葉もよく似ています。その葉をペースト状にしたものは傷薬として、また中世では接骨剤として定評がありました。シスリーおばさんも常備薬として、このような薬を作っていたかもしれません。

さて、「床にまくハーブ」とはなんでしょう。現代のように化学薬品でできた殺虫剤も防虫剤もない時代、ノミよけや疫病よけのために殺菌効果のあるハーブを床にまく習慣がありました。この習慣をストローイング・ハーブ(strewing herb)といい、この物語のなかでは、「月桂樹とローズマリー」、「ナツシロギク」、「緑のイグサ」といったハーブが使われています。他にも殺菌力に優れるルー、ラベンダー、ミント、ワームウッド、タイム、セージ、カモマイルといった今もおなじみのハーブが使われました。

これらのハーブは同時にタッジー・マッジーというハーブの花束にもなり、女性

タッジー・マッジー。今もバース近郊にあるアメリカンミュージアムにて作られている

タイム。床にまくハーブとして、また広く料理に使われる

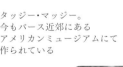

たちがウエストからぶら下げ、疫病から身を守るお守りとしても使われるようになったのです。ビクトリア朝時代になるともはや疫病予防の目的はなくなり、その代わりに花言葉の流行とともに、メッセージを伝える手紙の役割を担うようになります。裕福な家庭の子女は、身につけるべき教養として、花言葉や花束の美しい作り方を学んだものでした。

バビントン家が忠誠を尽くすメアリー女王の敵として描かれるエリザベス一世は、ストローイング・ハーブとして、メドウスイートを好んだとのこと。今もメドウスイートはイギリスの田舎では、じめじめした湿地に自生しているのがあちらこちらで見られる身近なハーブ。しもつけ草にも似た、クリーム色をした綿毛のような花は、アーモンド・エッセンスのような甘い香りを持つのが特徴です。冷酷な処女王としてのイメージが強いエリザベス一世ですが、この甘い香りのハーブを好んだということは、女王の女性としての隠れた一面を垣間見るような気がするのです。また、女王はラベンダーの花の砂糖づけがお気に入りで、いつもベッドのそばに欠かさずに置いていたとのこと。一国の主としての重責を担っていた女王にとって、ラベンダーの鎮静作用、リラックス効果は必要だったのかもしれません。

さて、ポセットですが、当時は牛乳にワインやエールを加え、とろみをつけた温かい飲み物でした。中世では風邪の薬として飲まれ、その効用を高めるために炎症を鎮めるローズマリーやラベンダー、タイムといったハーブが加えられました。

湖水地方のあるホテルで、デザートにレモンポセットが供されたことがありまし

湖水地方のホテルで
ランチのデザートとして供された
レモンポセット

エリザベス1世の好んだハーブ、
メドウスイート

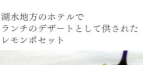

た。さわやかな味わいに舌鼓を打ちながら、ふとこの場面を思い出していました。今ではポセットといえばこのような冷たいデザートとして健在です。

私が初めて興味を持ったハーブは、小学生の時に愛読したL・M・モンゴメリ「赤毛のアン」のシリーズの一冊、『アンの青春』の中のラベンダーでした。「ミス・ラベンダー」という章で、ラベンダーの香りのするシーツが描かれているのです。三〇年以上も昔では、ラベンダーは未知の植物で、どんな花なのだろう、どんな香りがするのだろうと思いを巡らせたものでした。

ストローイング・ハーブ同様、殺菌力のあるハーブは防虫剤として使われましたが、中でもラベンダーは好まれ、時代が下っても、ラベンダーの香る家はきちんと整えられた家庭を意味するようになりました。思い返せば、この『アンの青春』の中でのラベンダーとの出会いが私をイギリスへのハーブ留学へと駆り立てた原点のように思います。暮らしの中でハーブがどのように使われ、生かされてきたか、そのことを暮らしの中から見てみたい、イギリス人と同じ目の高さで、文字で描かれるハーブを肌で理解できるようになりたい、それが旅行ではなく、イギリスにハーブ留学を決行した、大きな目的でした。

さて、時代を超えてペネロピーの心を慰めるのは、ハーブの香りだけでなく、それぞれの時代の台所で用意される、心のこもった手作りの食べ物でした。

ロンドンからサッカーズ農場に着いた最初の晩、ペネロピーたちに用意されたの

ハードウィック・ホールのハーブガーデン。サッカーズのハーブガーデンを思わせる

スノーズヒルにある一面紫に煙るラベンダー。コッツウォルズ・ラベンダー・ファームにて

は、ティッシーおばさんの温かい心のこもったごちそうでした。
炉のそばの丸いテーブルに食事の用意ができていて、私たちはごちそうの前にすわりました。焼いたオーツケーキ、ローストチキン、黄色いチーズケーキ、私たちの握りこぶしくらいの大きさの、奇妙なでこぼこのパン、それから、ムギの束の型が押してある金色のバターのかたまりなどがならんでいました。

薪が音をたてて燃える暖かい炉のそばで、これほどのごちそうが並んだテーブルを前にして、初めて親元を離れたペネロピーは、どれほど安心したことでしょう。メインのローストチキンからオーツケーキ、パン、チーズケーキに至るまで、田舎の農場ならではの、新鮮な素材から手をかけて用意された料理におばさんたちの愛情、幸せを感じたにちがいありません。

台所では、パンやパイをどんどん焼いて、大家族のための食事の用意をしている最中でした。いくつもの大きなパイに、ハトとヒバリの肉がつめてありました。……炉の前では、ジュードがちらちらといじのわるい目つきであたりを見ながら、ガチョウとオンドリのローストの焼串をまわしていました。私はテーブルの前にすわって、ねり粉の切れ端で、パイのかざりにするバラの花や葉を作りました。シスリーおばさんが、これは私の仕事だと言ったのです。

16世紀のサッカーズの台所の様子。
物語の舞台となった平炉が
現在のマナー・ファームにそのまま残っている
『時の旅人』より(フェイス・ジェイクス絵)

こちらは同じ台所ではありますが、時代はペネロピーが旅する一六世紀のサッカーズでの台所の様子。ティッシーおばさんが使っているのと同じ、磨きあげられた大きな鉄鍋や、ティッシーおばさんは食器棚として再利用している、パン焼きかまどが実際にパンを焼くために使われていることからも、ペネロピーはどちらも同じ家であることに気づいたはずです。

アンソニーや奥方様のほかに使用人たちも大勢抱える荘園の台所ならではの活気あふれる様子が伝わってきます。

サッカーズ農場のモデルとなった家、今では「マナー・ファーム」と呼ばれるその家は、ダービシャー州のデシックと呼ばれる村に残っています。私は二〇一四年の夏にここに宿泊するという幸運に恵まれました。その時の私は、まるでペネロピーのようにタイムトラベルをしたかのような不思議な感覚を味わいました。ごつごつとした石の床、分厚い石の壁、台所の中央には、かつては火が焚かれ、調理に使われていた石で囲われた大きな炉が今もその威厳をたたえています。今ではこの炉で調理することはありませんが、その炉の前に立つと、物語の世界が重なるようです。ジュードという少年が炉端に腰かけて、丸ごとの鳥をさした金串をぐるぐると回しながら焼いていたあの場面が。

ヨーロッパ、アメリカでは一七世紀まで、この平炉が台所の中心を占め、肉のローストから煮炊きまで調理はすべてここで行われていたのです。鉄と石炭が安く出

庭側から見たサッカーズの
モデルとなった屋敷「マナー・ファーム」

かつては大きな平炉があったところ
煙突を利用して今はストーブが置かれている

回るようになる一八、九世紀になり、レンジが生まれるまでは。

現在この家は、『時の旅人』のモデルになった家ということで、グルーム夫妻が、アリソン・アトリーの研究をしながらB&Bを経営し、宿泊客を受け入れています。夫妻によると、この台所が、家中で一番昔のようすを残しているとのことでした。

ペネロピーが時を超える一六世紀のサッカーズでは、ハーブの香る、平穏そのもののような暮らしの中で、ある陰謀が企てられていました。これは史実に基づく、実際に起こった事件で、イングランドのエリザベス一世と、スコットランドの女王メアリー・スチュワートにかかわることです。

この二人は親戚にあたりますが、エリザベス一世は国教会、メアリー女王はカトリックという大きな宗教上の違いもあり、対立していました。エリザベス一世は自分の王位を守るために、スペインを中心とするカトリック勢力との関係からみても危険な存在であるメアリー女王を幽閉していたのです。その期間は何と一九年にもおよびました。しかし、エリザベス一世を暗殺して、カトリックにとって希望の星であるメアリー女王をイングランドの王位に就け、この国を再びカトリックに戻すことを狙った陰謀は後を絶ちませんでした。

なんと、その陰謀のひとつが一六世紀のサッカーズでひそかに企てられていたのです。のちに「バビントン事件」と呼ばれるもので、スコットランドのメアリー女王の熱心な支持者である若き当主、アンソニー・バビントン(一五六一〜八六)が起こ

この屋敷で起こった
「バビントン事件」を
今もなおひっそりと伝えるプレート

マナー・ファームの玄関。
ハンギングバスケットで飾られ、愛らしい

したものでした。サッカーズから五キロメートル離れたところにあるウィングフィールドの荘園の領主館に移されるメアリー女王を、サッカーズからトンネルを掘って、救いだそうという計画が練られていたのです。未来からやってきたペネロピーは、その結末が失敗に終わることを知っていながら歴史を変えることができない歯がゆさに涙するのです。

アンソニーのこの企てを心配していた若き奥方様や母親の気持ちを思うと、なぜにルーやボリジ、レモンバームといったハーブが必要だったか、ここで知ることになるのです。

「この物語の中のできごとの多くは、私の夢がもとになっています。」

作者のアリソン・アトリーは、『時の旅人』のまえがきのなかで書いています。さらにこう続けます。

「眠りの中の私は荘園屋敷で暮らしていて、館の壁にある、ほかの人には見えない戸口を通り抜けます。そしてそこで、自分がもう一つ別の時代に入り込んでいることに気づくのでした。」

夢という言葉は物語の中にも描かれ、ペネロピーはアトリー自身に重なります。

アトリーは生まれてから大学に行く一八歳までを、キャッスル・トップ農場で暮らしました。ダービシャー州のクロムフォード村、深い森におおわれた、ダーウェント川の渓谷のなだらかに広がった景色を見下ろすことができる、美しい自然に恵

サッカーズの荘園内にあった教会。
現在鍵の管理はマナー・ファームにある。
バビントン家の当主アンソニーは、
この教会で結婚式を挙げたと伝えられる

現在は廃墟となっている
ウィングフィールド・マナー

まれたところだったようです。その様子はアトリーの自伝的物語『農場にくらして』にもくわしく描かれ、乳しぼりに始まる日々の農場の暮らし、台所での母の家事仕事、クリスマスなど年中行事の楽しみなどが、愛情をこめて綴られています。

いつまでも変わることのない、緑に囲まれた子ども時代のあらゆるものが、心の眼の中に浮かんできて、私は、自分の生まれた、あのえんえんと続く丘の連なりのうちに、再び生き始めるのだ。どこにいても、私はこの愛する場所に似ているところを無意識に探し求めていた。

――「幼い日々の待ち伏せ」『アリソン・アトリーの生涯』所収

作者であるアトリー自身が「時の旅人」であり、五〇歳を過ぎて書かずにはいられなかった、懐かしく、愛しい過ぎ去った昔の暮らしへの淡い夢物語、それがこの『時の旅人』という物語そのものなのかもしれません。

夢の力というものには、これからの未来という時間を考えることで得られる力もあれば、過去の愛しい時間から得る力もある。そんな愛しい思い出を持っている人はきっと幸せです。

決して平坦ではなかったアトリーの人生、いつの時も、どこにいても、懐かしの農場に咲いていたラベンダーの香りがアトリーの心のなぐさめとなったことを、ハーブ好きの私としては願うばかりです。

ラベンダー

時の旅人✦RECIPE

レモンポセット

Lemon Posset

（材料）＊100 ml ほど入るグラス 5 個分

生クリーム……300 ml
グラニュー糖……75 g
レモン汁……1 個分（約 80 ml）
飾り用のレモンの皮は
薄くむいてから、刻んでおく。

＊生クリームを煮る時に、風味づけにラベンダーや
ローズマリーを加えても。

1. 鍋に生クリーム、グラニュー糖を加えて、中火で、砂糖が溶けるように、かき混ぜながら煮立てる。煮立ったら、クリームが泡立つまま、さらに 3 分ほど弱火でそのまま煮詰める。

2. 鍋を火からおろし、かき混ぜながらレモン汁を少しずつ加える。すぐにもったりと、とろみがついてくるのがわかる。

3. 5 分ほど置いて、少し冷ましてから、グラスに注ぐ。ラップをかけ、少なくとも 3 時間は冷蔵庫に入れて冷やす（一晩冷やしてもよい）。飾り用のレモンの皮を上にのせる。

ピーターラビットの絵本

イギリスの食の伝統が息づく プディングやパイ

「プディングはいかが？」

イギリスで食後にこう聞かれたら、それは、「デザートはいかがですか？」ということ。プディングという言葉には、「食後に出す甘いもの、スイーツ」の意味があり、このようにデザートと同じ意味で使われることがあるのです。また一方で、プディングと名が付いた、幅広い食べ物の一群があり、ヨークシャー・プディング（本書三四頁参照）のような食事用のものからクリスマス・プディング（本書一三四頁参照）に代表されるような甘いものまで、数え切れないほどの種類があります。

プディングのそもそもの意味は、「何か詰め物をした動物の胃袋」です。羊の胃袋にオーツ麦、玉ねぎ、ハーブを牛脂（スエット）と混ぜ合わせて詰めたスコットランドの伝統料理ハギスは、プディングの歴史を今に伝える食べ物といえるでしょう。スコットランドの詩人、ロバート・バーンズは、「ハギスに捧ぐ」という詩を書いていて、その縁から彼の誕生日である一月二五日の夜をスコットランドでは「バーンズ・ナイト」と呼び、毎年ハギスを食べて祝います。

「ピーターラビットの絵本」（全24巻）

ビアトリクス・ポター 作・絵
石井桃子 訳

イギリスののどかな田園を舞台に、小さな動物たちがくりひろげるゆかいな事件が描かれます。100年以上にわたって世界中の子どもたちに愛されている絵本シリーズ。（福音館書店）

「ピクニックではとてもおいしいトリークル・プディング(糖蜜のプディング)を楽しんだ。」ビアトリクス・ポターは一八九五年五月、二八歳の時にウェールズの叔父の家に滞在中の日記にこう書いています。柔らかく、温かいうちに食べるのが美味しいプディングをピクニックに持って出かけるということ、それ自体が珍しいことだとは思いますが、世界一有名なうさぎとなった、ピーターラビット、その生みの親である彼女も、美味しいプディングには目がなかった様子がうかがえます。

ビアトリクス・ポターは、絵本作家としての活動期間は一〇年ほどと短かったものの、『ピーターラビットのおはなし』(一九〇二年)をはじめ、小さな宝物のような二三冊(邦訳は遺稿作品『ずるいねこのおはなし』が入って全二四冊)もの絵本を残しました。

その中に『ローリー・ポーリー・プディング』という、プディングの名前そのものを題名にした絵本があります。一九〇八年にポターの一三冊目の絵本として世に出ましたが、一九二六年に再版された際に、今の題名『ひげのサムエルのおはなし』になりました。原書では、今もそのなごりとして「ローリー・ポーリー・プディング」が副題としてタイトルに添えられています。

その絵本の中で石井桃子さんは、ローリー・ポーリー・プディングを「ねこまきだんご」と訳しているため、残念ながら日本語版では、このお菓子の本来の名前に出会うことはありません。

ローリー・ポーリー・プディングとは、牛脂と薄力粉を混ぜた生地を平らにのばした上に一面ラズベリージャムをぬり、棒状に細長く巻き、布類で包んで蒸したも

ハギス

の(かってはゆでる方法で作られていました)。今ではバターで代用することもありますが、昔ながらの牛脂で作るのが特徴です。牛脂は溶けやすく、生地が軽く仕上がります。イギリスでは手軽に使える粉末状のものが売られています。このプディングは古いシャツの袖を切り取って、それで包んで作ることもありました。そこから「シャツ・プディング」とも呼ばれます。

お話では、屋根裏に住むネズミの夫婦がこのラズベリージャムの代わりにこねこのトムを生地で巻いて、このお菓子を作ろうとしているのです。

『こねこのトムのおはなし』(一九〇七年)でそのやんちゃぶりを披露したトムは、続編ともいえるこの絵本でまたもやいたずらをしでかします。暖炉から煙突まで登り、すずめを捕まえようとたくらむのですが、途中で誤って天井裏に入ってしまいます。そして、そこを住処としていたネズミの夫婦に捕まってしまったというわけです。幸いにも大工のジョンさんが床板をはがし、生地(実はここではパン種で、暖炉のそばで発酵していたパン種をネズミの奥さんがくすねています)でぐるぐる巻きになったトムを発見し、無事に助け出されます。

ローリー・ポーリー・プディングは、イギリス人にとっては、誰もが幼い頃に作ってくれたお母さんの味を思い出す、いわばおふくろの味ともいえるお菓子。今は共働きも増え、お母さんがおやつを作ることも少なくなってしまっているかもしれませんが、味わった子どもにとって、その味はいつまでも心の中で生きているようです。親しまれているお菓子だからこそ、トムの姿は、「いいつけを守らず悪いこ

プディングクラブで供されるプディング。
手前の細いのが
ローリー・ポーリー・プディング

プディングクラブ。
イギリスのプディングの伝統を守るため
コッツウォルズのスリーウェイズハウス・ホテルで
毎週金曜日の夜に7種類のプディングを食べて楽しむ

とをすると、トムのようにプディングにされてしまう」と、子どもたちにはいっそう怖さを感じさせたに違いありません。

裕福なアッパー・ミドルクラスの家庭に生まれ、食事も両親とは別にとるような子ども時代を弟とともに過ごしたポターも、日常的に楽しんでいた身近なプディングだったのかもしれません。

さて、一命をとりとめたトムの体に巻かれていた生地は、トムの母親、タビタおくさんが再利用し、新たにバッグ・プディングというお菓子に作り替えます。小粒のレーズン、カレンツで生地の中に入ったごみを隠すことも忘れてはいません。いずこも同じ、主婦の倹約精神を垣間見るようで、面白いところです。

バッグ・プディングはその名の通り、ハンドバッグのように布で包んだ生地を蒸したり、ゆでたりして作ったプディングのことです。ポターが描いているように丸い形をしているのは、生地を布で包んで蒸したことでできた形なのです。

一四八五年の本には、プディングを作るために麻の布地が使われたと書かれており、動物の胃袋の代わりとして使われていたことがわかっています。そもそもプディングの器となっていた羊の胃袋は、動物を殺した時にだけ手に入るものであり、しかも器として使うには中までしっかりきれいに洗う必要があり、手間も時間もかかりました。代わりに布を使うことで、手軽にプディングを作れるようになり、頻度も種類も増えて、より身近なものとなっていったのです。その後、植木鉢のような形をした陶器製のプディング型が生まれ、今や電子レンジにも対応できるプラス

バッグ・プディング。
お話では、トムの母親、タビタおくさんがトムの体からはがした“ねり粉”を再利用して作る

ティック製のものがそれに代わろうとしています。

さて、ポターの絵本からもうひとつ、『りすのナトキンのおはなし』（一九〇三年）には、プラムプディングが登場します。

> 4日め、りすたちのおみやげは　ふとった　ごみむしでしたが、これは、ブラウンじいさまには　わたしたちの　プラム・プディングぐらいな　ごちそうなのでした。しかも、むしは　1ぴきずつ　すかんぽの葉でつつみ、まつ葉でとめてありました。

『りすのナトキンのおはなし』は秋に木の実をとらせてもらうために、りすたちがふくろうじまへと小えだでいかだを作り、尻尾をほの代わりにして出かけていくお話ですが、その島の主、ふくろうのブラウンじいさまに様々な貢ぎ物を持っていきます。そのおみやげの「ふとった　ごみむし」に相当するごちそうが、「プラム・プディング」と表現されています。

プラムプディングのプラムは、レーズンなどの干しブドウの総称のことで、とくにプラムの入ったプディングとはかぎりません。ビクトリア女王の夫アルバート公は大のプディング好きで、中でもこのプディングが気に入り、クリスマスに食べる習慣を始めたことから、のちにクリスマス・プディングと呼ばれようになりました。

ちなみに、クリスマスツリーを飾るのはアルバート公の祖国ドイツの習慣です。

『りすのナトキンのおはなし』に描かれた
「ふくろうじま」。
写真左手前の島（セント・ハーバート・アイランド）

ポターが『りすのナトキンのおはなし』を書き、
舞台として使ったリングホーム邸

一九世紀初め、ビクトリア女王の伯父、ジョージ四世の妃、キャロライン王妃が宮殿に取り入れました。アルバート公は、初めての王女誕生の年、ウィンザー城に故郷のドイツから持ち運んだツリーを飾りました。仲睦まじく、幸せなビクトリア女王一家にあやかれるようにと、イギリスの国民が真似をするようになり、その結果プディングやツリーがクリスマスの習慣として一般家庭に定着していきました。

そのビクトリア朝時代に暮らしながら、ポター家ではクリスマスを特別に祝うことはありませんでした。両親の家系はどちらもユニテリアン派（英国国教会反対派や自由教会の流れを汲む一派で、三位一体の教義を認めず、政治的な自由主義と深く結びついている宗派）のキリスト教徒でしたが、クリスマスを祝わないのは、父親ルパートの神学観に基づくもので、当時のユニテリアン派としても例外的でした。

幼いポターは、近所の親しくしていたバジェット家に飾られた、てっぺんに天使を飾ったクリスマスツリーをうらやましく眺めているだけでした。きっと幼心に、クリスマスのごちそう、七面鳥のローストやクリスマス・プディングのある華やかな食卓にもあこがれたことでしょう。そのあこがれをポターは自分なりのクリスマスを祝う方法で満たしていました。絵の得意なポターは、自分が描いた絵でクリスマスカードを作り、親戚の家に送っていたのです。それが彼女にとって唯一のクリスマスの季節の楽しみだったのかもしれません。

やがて、その中の六枚のカードが商品化され、彼女にとっての大きな転機が訪れます。カードの絵は、いずれもポターが最初に飼ったうさぎのペット、ベンジャミ

ポターの生家のあった
ボルトン・ガーデンズ2番地には
それを示す
ブループラークがある

ポターが24歳の時に描いた
6枚のクリスマスカードの絵は、
フレデリック・ウェザリーの詩集『幸せな二人づれ』（*A Happy Pair*）の挿絵として使われた。
陶器の型が使われる以前の布で包んだ
クリスマス・プディングが描かれている
（大東文化大学所蔵）

ン・バウンサーをモデルにしたデザインですが、その一枚には、ヒイラギを飾った、大きくて丸いクリスマス・プディングをかかげるうさぎが描かれているのです。それは、ポターにとってあこがれの詰まったプディングだったにちがいありません。ポター二四歳、『ピーターラビットのおはなし』が世に出る一二年も前のことでした。

さて、五歳のときから、夏の長い休暇には、スコットランドや湖水地方の自然の近くで過ごしたポターですが、のちに研究することになるキノコだけでなく、ハーブも草花とおなじように身近な存在だったはずです。お話には、さりげなくたくさんのハーブが登場します。

マクレガーさんの畑で食べすぎたピーターが摘む、消化を助けるパセリ（『ピーターラビットのおはなし』）をはじめ、眠気を誘う効用のあるレタス（『フロプシーのこどもたち』）、肉の臭み消しの効用がある、セージを使った玉ねぎの詰め物（『あひるのジマイマのおはなし』）など、絵本にはポターのハーブの知識がちりばめられています。『まちねずみジョニーのおはなし』（一九一八年）に登場する「ハーブプディング」もそのひとつといえるでしょう。ちなみに石井桃子さんは「やくそうのプディング」と訳しています。

田舎に住むネズミが、隣町に住むまちねずみのジョニーを招くおもてなしのテーブルに出されるのがこのプディング。絵には、なんだかまるで石のような緑色をし

セージ。
あひるのジマイマが摘むハーブ、
夏には美しい紫色の花が咲く

ポター16歳の時に家族で
初めて湖水地方でのホリデーをすごしたレイ・カースル邸。
ウィンダミア湖を望む高台に立つ

た塊が描かれています。お話の季節が春であることが、このプディングがなんであるかを知るヒントとなるのです。

かつて、長い冬の間に体の中には濁った体液がたまると信じられていました。春に採れるハーブのビストート、レディース・マントル、タンポポ、ネトルなどには体液を浄化する効用があります。春には、これらのハーブにオオムギ、ゆで卵などを一緒に混ぜ、ゆでて作ったプディングを食べる習慣が生まれたのでした。レディース・マントルにはビストートと同様、妊娠力を高める効用もあると言われていました。

主材料となるビストートのイギリスでの別名がイースター・レッジであることから、このプディングはイースター・レッジ・プディングと呼ばれ、湖水地方などイギリス北部で春になると作られてきた歴史があります。

ポターは三九歳で湖水地方のニア・ソーリー村にアトリエ兼住居としてヒルトップ農場を購入し、さらに四七歳で地元の弁護士、ウィリアム・ヒーリス氏と結婚してからは、この地で農場の経営、牧羊などに専念し、農婦としての半生を送ります。

結婚した翌年の春には、ポターは自分の料理の腕にも自信がつき、夫であるヒーリス氏のために地元に伝わるイースター・レッジ・プディングを作るまでになっていたようです。

一九一四年四月一五日に、ポターがかつての婚約者ノーマン・ウォーン氏の姉、ミリーへ宛てた手紙では、「ネトルをはじめ春のハーブを使った一皿は、うまく取

イースター・レッジ・プディングの材料となるハーブ。レディース・マントル(上)ビストート(下)

ポターが結婚後に住んだカースル・コテージ。2016年に窓枠がオリジナルの緑色に塗り替えられた

り合わせるととても美味しいものになります」と書き送っています。ミリーには自分たちの結婚祝いのプレゼントとして『ミセス・ビートンの家政書』(本書一八頁参照)をリクエストしたそうです。裕福な家庭のお嬢様として育ったポターにとって、湖水地方で初めて担うことになった主婦としての責任と覚悟を表すエピソードといえるかもしれません。

この『まちねずみジョニーのおはなし』は、ポターが五二歳の時に出版されました。その作品にこのプディングが描かれているのは、家庭人としてのポターの暮らしを物語っているのでしょうか。結婚から五年が過ぎ、ポターのイースター・レッジ・プディングの腕前もさぞや上達していたことでしょう。

ところで、ピーターのお父さんがマクレガーさんの畑で捕まってしまい、パイになってしまうのは何とも悲劇ですが、そのパイという料理法はプディングと同じく古い歴史を秘め、中世から受け継がれてきたものです。

昔、かまどで焼かれるもののなかで、パンでないものはすべて「パイ」でした。何百年もの間、調理するための容器はパイ皮だったのです。その伝統を継ぐものとして、今も硬いパイ皮で全体を包んで焼くポークパイなどのほかに、底の部分のパイ皮の代わりにパイディッシュと呼ばれる陶器を使ったパイもあります。これはパイディッシュの中に牛やラムなどの肉の煮込みを入れたり、あるいは生のリンゴなど果物を入れて、その上面だけにパイ皮をすっぽりと蓋のようにかぶせ、蒸気が逃げないようにして焼きあげたもの。食卓でそれぞれがパイ皮を崩して中身と一緒に

キッチンガーデンから眺めるヒルトップ

ポターがアトリエ兼住居として購入したヒルトップ

食べるわけですが、今も家庭料理の定番です。

このパイディッシュを使ったパイが巻き起こすドタバタ騒ぎが描かれるのが、『パイがふたつあったおはなし』(一九〇五年)です。パイ皮のおかげで中が見えないというのも、このお話の鍵となっているところでしょう。

犬のダッチェスは猫のリビーにお茶会に招待されます。二匹は洋服を着た人間としてふるまいながらも元来の動物としての習性も持ち続ける二面性を持っています。ここがポターのお話に共通する点ですが、その二面性のどちらにも鋭い観察眼が生きているのです。

猫のリビーがネズミのパイを用意するだろうと直感的に思った犬のダッチェスは、ネズミの入ったパイなど食べられないとばかりに、自分が作った仔牛とハムのパイをリビーの家のオーブンにこっそりと入れに行きます。実は上下に二段あるオーブンの中では、下の段でリビーがネズミのパイを焼いていたというのに、ダッチェスはそれに気づかずに上の段に自分のパイを入れて、安心して帰ってくるのです。ところが、お茶会で出されたパイを食べながら、自分が目印になるように入れておいた「パティ・パン」(パイ皮がへこまないようにパイの下に入れておく道具)が出てこないことから、それを飲みこんでしまったのではないか、とダッチェスは気分が悪くなります。結局あとでオーブンの中に自分が入れたパイを発見し、策略したにもかかわらず、ネズミのパイを食べてしまったことを知るという、何とも喜劇のようなお話です。原題が『パイとパティ・パンのおはなし』となっているのはここに由来して

『パイがふたつあったおはなし』で
犬のダッチェスがお茶の招待状を受け取るのは
この「バックル・イート」の前庭

『パイがふたつあったおはなし』
に出てくるような
パイディッシュで焼いた食事用のパイ

います。
　パイといえば、イギリスの童謡、マザーグースの『六ペンスの唄』には、パイに焼かれた二四羽の黒ツグミが、パイを開けたら歌いだすという有名な一節があります。一六世紀に英訳されたイタリアの料理書には、実際に生きたままパイに入れられた鳥が、包丁を入れたとたんに飛び出すという仕掛けの調理法が載っていますが、パイは皮で隠されて中身が見えないものだけに想像力をかきたてるようです。

　さて、もう一度、『ピーターラビット』に戻ってみましょう。パイになってしまったお父さんに代わり、ピーターのお母さんはどうやって生計を立てているのか、その事実は『ピーターラビットのおはなし』の続編ともいえる『ベンジャミンバニーのおはなし』(一九〇四年)で明らかにされます。

　お母さんのうさぎは、うさぎ穴を店にして、ラビットタバコ(ラベンダーのこと)や、ローズマリーのお茶を売って生活をしているのです。ここでもまたハーブが登場します。

　じつは、その店の様子を語る絵をポターは、『ピーターラビットのおはなし』のために描いていましたが、ページ数が足りずに入れられませんでした。そこで、続編の『ベンジャミンバニーのおはなし』で使われたため、私たちは母子家庭であるピーターの家の事情をここで知ることになるのです。

　このお話は、そもそもポターの家庭教師であったアニー・ムーアの息子ノエルに、休暇先のスコットランドから送った絵手紙が元となって生まれたものでした。

『パイがふたつあったおはなし』
に描かれた井戸。
ここで犬のダッチェスのパイ皿が
割れているのを
猫のリビーが見つける

病気にかかりベッドで退屈していた息子のために、母親のアニーがポターに頼んで描いてもらったその絵手紙には、ポターがベンジャミン・バウンサーの後に飼っていたうさぎのピーター・パイパーがモデルに使われました。ノエル君が楽しめるように、主人公のうさぎにやんちゃな男の子の要素が加えられています。

そのため、絵本には、うさぎの好物であるラディッシュ（ニンジンと思われがちですが一八五九年から栽培されてきたロング・スカーレットという品種のラディッシュ）やキャベツなどのうさぎの好物である野菜とともに、お母さんから飲まされるカモマイルティーや、妹うさぎたちが食べるミルクをかけたブラックベリーなど、私たち人間が愛する食べ物が登場するのです。

この絵手紙を送った時、ポターはキノコの研究に没頭している最中でした。キノコの観察、スケッチから始まり、キノコの胞子の実験、発芽中の胞子のスケッチまで打ち込むようになり、ついには「ハラタケ科胞子の発芽について」という論文を科学有識者のための由緒ある会、リンネ協会で読み上げられるほどまでになりました。ただし、ビクトリア朝時代では女性の自然科学の分野での活躍は認められてはいなかったため、ポターがこの会に参加することも、論文を自らが発表することもとうてい許されるものではなかったのです。

今の時代にポターが生きていたら、ポターには別の人生が開けていたことでしょう。女性に対して封建的なビクトリア朝時代にあって、ポターの目標は、自分の才能を生かし、有益かつ経済的に自立できる手段を得ることでしたから、その落胆は

ポターのキノコの絵のほとんどが
所蔵されている湖水地方、
アンブルサイドにあるアーミット・ライブラリー

鎮静効果、リラックス効果のある
お茶として飲まれるカモマイル

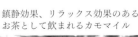

大きかったに違いありません。それだけに絵本では、生き生きと自分の好きな世界を描くことができたのかもしれません。

「私はどうかといいますと、チミーと同じように田舎に住むほうがすきです」と『まちねずみジョニーのおはなし』の最後に語られているのは、ポターの本心ではないでしょうか。ロンドン生まれでロンドン育ちのポターが湖水地方に根を下ろし、田舎の生活をこよなく愛していたことがうかがえる一文です。実際、五〇代を過ぎるとポターの興味は、ミセス・ヒーリスとして農場経営、牧羊業へと移っていきました。

自然の流れで、生まれるべくして生まれた絵本が大成功をおさめたポターは、その多額の印税を生かし、さらなる理想を実現させました。心ない開発の手から湖水地方を守るべく、農場や土地を買い取り、最後には遺言でナショナル・トラストに寄付をして、愛する自然を後世にまで残したのです。

ポターの功績は、その自然だけでなく、湖水地方の人々の暮らしそのものを残そうとしたところにあります。その暮らしを見つめる温かなまなざしは、絵本にちりばめられた、昔から暮らしに生かされてきたハーブやお菓子にそそがれるまなざしにも重なるようです。

ポターが所有した農場の一つ、ユーツリー・ファーム。現在はナショナル・トラストが保存管理している

ユーツリー・ファームの納屋。1685年に建てられたもの

湖水地方の数ある湖の中でポターが一番美しいと語った「エスウェイト湖」ニア・ソーリー村の近くにある

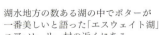

ひげのサムエルのおはなし✦RECIPE

ローリー・ポーリー・プディング
Roly-Poly Pudding

材料 ＊長さ22cm程度のもの1本分

薄力粉……225g
ベーキングパウダー……小さじ2
（アルミニウム不使用のものが望ましい）
グラニュー糖……大さじ2
無塩バター*……100g
（小さく切り、冷蔵庫で冷やす）
牛乳……80ml
ラズベリージャム……大さじ2程度
粉砂糖……適量

カスタードソース
卵黄……2個分
グラニュー糖……70g
牛乳……200ml

1. ボウルに薄力粉、ベーキングパウダーを合わせてふるい入れる。冷やしたバターを加え、指先を使って粉類とバターをすり混ぜる。サラサラのパン粉状になったらグラニュー糖を加える。牛乳を少しずつ加えて混ぜ、全体をひとまとめにする。手につかない程度の堅さが理想。ラップに包み、冷蔵庫で30分ほど休ませる。

2. 打ち粉（強力粉、材料外）をした台の上で、めん棒を使って生地を5mm厚さの長方形（約25cm × 20cm）にのばす。さらに巻きやすいように四辺の端をめん棒を使ってやや薄くのばす。

3. 薄くした生地の周り2cm四方を残してラズベリージャムをぬる。四辺を内側に折りたたみ、長さ22cm程度の棒状になるように巻き上げる。

4. 閉じ目を下にして、オーブンペーパーで包んでから、さらにアルミホイルで包み、端をしっかりと閉じる。蒸気の上がった蒸し器に入れ、弱火で約1時間蒸す。

5. カスタードソースを作る。鍋に牛乳を入れて温める。ボウルに卵黄を入れて溶きほぐし、グラニュー糖を加えて白っぽくなるまですり混ぜる。温めた牛乳を少しずつ加えて溶きのばし、鍋に戻して中火にかけて、絶えずゴムベラで混ぜながら、一度沸騰させ、とろみがつくまで煮る。

6. 蒸し上がったらアルミホイル、オーブンペーパーを外して、皿に盛りつけ、上から粉砂糖をふりかける。3cm程度の厚さに切り、温かいカスタードソースをかけていただく。

* 本来は無塩バターではなく牛脂（スエット）を使うが、手に入りやすいバターで代用する。

トムは真夜中の庭で

心を明るくする クリームたっぷりのスコーン

私は、自分の子ども時代を思い出しながら、この作品を書きました。子どもの頃、私たち兄弟四人は、キングス・ミル・ハウスの庭でいつも遊んでいたのです。それと同時に、私の父もその同じ庭で、父の兄弟たちと遊んでいたという話を思い出していました。父が子どもであったビクトリア朝時代の庭が、『トムは真夜中の庭で』の庭なのです。

——'The Garden of the King's Mill House, Great Shelford'（筆者訳）

『トムは真夜中の庭で』の作者、フィリパ・ピアスはエッセーの中でこう書いています。イギリス人の庭に対する愛情の深さがこのファンタジーを生み出したことを知る文章です。

ピアスさんの父親とピアスさんは数十年という時間の隔たりはあっても、同じ庭で遊んだ子ども時代を共有しています。もし、ピアスさんがその時間の隔たりを超えることができるとしたら、その同じ庭で子どもであった父と出会い、遊ぶことも

『トムは真夜中の庭で』

フィリパ・ピアス 作　**高杉一郎** 訳
スーザン・アインツィヒ 絵

アランおじさんの家に預けられて退屈していたトムは、真夜中に古時計が13も時を打つのを聴きます。昼間はなかったはずの庭園に誘い出されて、ふしぎな少女ハティと友だちになります。
（岩波少年文庫、1975年）

できるかもしれない――その、現実にはあり得ない、夢のような時間の不思議さを、ピアスさんは『トムは真夜中の庭で』の中で、トムとハティを出会わせることで実現させようとしたのではないでしょうか。

イギリス人にとって、庭は家の一部です。家とは切っても切り離せないほど、持ち主の個性や生き方と密接に結びついています。湖水地方に住んでいた友人夫妻は、農家を買い取ると同時に、家に迫るようにふさいでいた崖を、段々のある、開放感にあふれた庭に作り上げました。お天気さえ良ければ、朝食からお茶の時間、夕食までもこの庭の一角に作ったスペースで楽しんでいたのです。

また、名園と言われる庭園にも、個人の庭同様、人生が込められているものです。シシングハーストは、作家のヴィタ・サックヴィル・ウェストと外交官の夫ハロルドが刑務所の跡地から作り上げた庭園です。連続する部屋のように区切られ、それぞれ趣の異なる庭がしつらえられています。任地として暮らしたペルシャのじゅうたんを品種の異なる白やピンクの花が咲くタイムで表した花壇も庭を飾っています。

バーンズリー・ハウスは、女流園芸家として名高い、ローズマリー・ヴェアリー夫人がまるで絵を描くように植栽を施し、作り上げた美しい庭園です。料理しながらハーブを摘めるようにとの彼女のアイデアで、台所の扉から続くように作られたハーブガーデンが私は好きでした。今やホテルに買い取られ、庭園はより多くの人々が集い、憩う場所となりました。人懐っこく、いつも見学者とのおしゃべりを楽しんでいたヴェアリー夫人なら、その様子を喜んでいるにちがいありません。

バーンズリー・ハウスの庭。
ヴェアリー夫人亡き後、
今はホテルになっている

シシングハーストの庭の
タイムのカーペット

この物語の主人公、トムは、真夜中に一三回時を打つ古時計の音とともに、現実にはあるはずのない庭で、時空を超えてビクトリア朝時代に生きる少女、ハティに出会います。現在と過去という、異なる次元に生きるトムとハティの「時」が交錯し、二人はその「時」を共有するのです。ピアスさんのお父さんとピアスさんが時空を超えてその庭で遊ぶことで出会ったように。ピアスさんはこの物語のモデルに、その慣れ親しんだ庭を使いました。

その庭に出会うまで、主人公のトムはずっともやもやした気分でした。ロンドンの家からケンブリッジ近くの、遊び相手もいないおじ、おばの家に自分の意思ではなく、はしかにかかった弟からの強制的な隔離のために預けられたのですから。仲良しの弟と自分の庭にあるリンゴの木にツリーハウスを作るという計画を立てていた、せっかくの夏休みだというのに、それもかなわぬことになってしまったのです。

そのブルーなトムの気分をぱっと明るくしたもの、それがスコーンもあるお茶の時間でした。物語の中ではこのように描かれています。

> しかし、お茶の時間になると、トムはすこしごきげんがよくなった。グウェンおばさんが、デヴォンシャーふうのお茶を用意してくれたのだ。ゆで卵、手づくりのイチゴジャムやあわだてクリームののっている手づくりのスコーン。わたしはお料理がじょうずなのよ、とおばさんはいった。
>
> ——『トムは真夜中の庭で』

『トムは真夜中の庭で』の舞台となった庭の入り口

舞台となった庭の川に浮かぶスイレン

こんな手作りのお菓子が並んだお茶の時間が目の前に用意されたら、誰もが機嫌よくなってしまいそうです。「デヴォンシャーふうのお茶」（デヴォンシャー・ティー）という言葉には、クロテッドクリーム、ジャムを添えたスコーンとお茶のセットを表すクリームティーと同じ意味があります。

スコーンの定義は、「大麦、オーツ麦、小麦の粉で作った柔らかで、平たいケーキ。短時間で焼き、バターをつけて食べる」とあります（*The Oxford Companion to Food*）。また、語源については、いくつか説があります。スコットランド語で、古代オランダ語をその起源に持つ、「良質な白いパン」の意味である「schoonbrot」に由来するというもの。それから、歴代のスコットランド王が戴冠式を行ったという町、かつてのスコットランドの首都でもあったscone（発音はスクーン）に由来するという説や、スコットランドの古い言葉であるゲイル語のsgonn（ひと口大）という意味からきているという説などがあります。

そもそもスコーンは、ビール酵母からとれるイーストを使い、グリドル（本書三三頁参照）と呼ばれる鉄板で焼かれていましたが、一九世紀半ば、ベーキングパウダーの普及で、より簡単に短時間で焼けるようになりました。

イギリスでは、娘が母から習う最初のお菓子がスコーンといわれます。薄力粉、卵、牛乳にバターといういつも家にある材料で簡単に作れるスコーンは、お茶と一緒に楽しむお菓子の定番です。母から娘に伝えられるだけにその家によってスコー

デヴォン地方で楽しむクリームティー。
スコーンには、たっぷりのクロテッドクリームが添えられる

ンの味もいろいろな種類があるのが面白いところ。バターにラードを加えて使う人、本来の材料であるバターミルクに近いものにするために牛乳にレモン汁を加えてどろっとさせたものを使う人、いずれも理由は母から譲られたレシピに書かれているからとのことでした。何よりも小さい頃から味わい、育ったスコーンの味を大切にしている証です。グウェンおばさんが作るスコーンは、どのような味わいのものだったのでしょうか。

このデヴォンシャーと呼ばれるデヴォン地方は、ブリテン島の西南端に突き出たコーンウォール半島の中部に位置し、隣接するコーンウォール地方とともに四季を通して温暖な気候を利用した牧畜の盛んな地域です。ここは、緑豊かなこの地で育つ、ジャージー種の牛からしぼる乳脂肪たっぷりの牛乳から作るクロテッドクリームの産地でもあります。

温めるとこの牛乳の脂肪分が表面に浮き上がりますが、その固まった脂肪分をすくい取ったものがこのクリームになります。そのため脂肪分は高く、六〇%にも及びます(ちなみにクロテッドは、凝固したとか、その固まったクリームのひだの意)。この地方のお茶の時間では、クロテッドクリームをたっぷりのせたスコーンが名物でもあります。地名を取って、クロテッドクリームは、デヴォンシャークリーム、コーニッシュクリームと呼ばれることもあるのです。

スコーンは横に二つに切り、それぞれの面にジャム、クリームをのせて食べます。どちらを先にのせるかで、しばしば論争になるところですが、デヴォン風ではクリ

グウェンおばさんの家のように
生クリームが添えられたスコーン

ームが先でジャムが後、コーンウォール風ではジャムが先でクリームが後と言われています。残念ながら、グウェンおばさんの家はこの産地から離れているため、クロテッドクリームではなく、手に入りやすい生クリームが用意されたようです。

ちなみに、デヴォン地方に生まれ育ったミステリーの女王、アガサ・クリスティーは、その自伝の中で、「わたしの大好きなものは、昔も今も、そしておそらくこれからもずっと、クリームであることにまちがいない」と書き、このクロテッドクリームの美味しさを讃えています。

スコーンは、ピアスさんの短編「キイチゴつみ」（『真夜中のパーティー』所収）にも登場します。道に迷った男の子が、自転車でたまたま通りかかった家で焼きたてのスコーンをごちそうになる場面があるのです。

> それからオーブンのふたを広くあけると、なかからスコーンののったブリキの平皿を二枚とり出した。……「スコーンもほしい？」
> ヴァルはうなずいた。言葉は出てこなかった。
> 女の人はスコーンを横に半分に切ってバターをぬり、ヴァルにわたしてくれた。
>
> ——「キイチゴつみ」

迷子になってしまい、家にも帰れずにお腹のすいた少年、ヴァルにとっては、この焼きたてのスコーンがどんなにほっとする味わいだったことでしょう。なにより

『真夜中のパーティー』

フィリパ・ピアス 作　**猪熊葉子** 訳
フェイス・ジェイクス 絵

なぞめいたおとなりさん、宝物の秘密の貝……。子どもの日常におきる、小さいけれど忘れがたいふしぎなできごとの数々。夢と現実の世界を行き来する印象的な8つの短編。（岩波少年文庫、2000年）

スコーンは家庭の味わいなのですから。

私がピアスさんご本人に出会うことができたのは、一九九四年のことでした。児童文学者の斎藤惇夫氏が率いるグループとともにピアスさんを自宅に訪ねたのです。トムとハティが出会う、その庭の描写は、初めに書いた通り、ピアスさんとピアスさんの父がそれぞれ幼い頃過ごしたキングス・ミル・ハウスの庭そのものです。大学の町として名高いケンブリッジに近い、グレート・シェルフォードという、ひっそりとした小さな村にそのキングス・ミル・ハウスはありました。ピアスさんの祖父は、このキングス・ミル・ハウスの庭を流れるケム川の水を利用した水車で製粉業を営んでいました。キングス・ミル・ハウスはビクトリア朝時代以前の、シンプルながら立派な建物です。

ピアスさんはこう話しました。「父の代で製粉業は終わりとなり、母が一九七三年に亡くなった時に再びこの村に戻ってきました。兄弟姉妹と遺産相続の話をした結果、父が使用人の家族のために建てたコテージにわたしが住むことになったのです」

キングス・ミル・ハウスのすぐ向かいに立つコテージに、一人で暮らしていたピアスさん、人手には渡ってしまったものの、持ち主の厚意で、キングス・ミル・ハウスの庭はピアスさんにいつでも開かれていたそうです。

木の扉を押し開けると、そこには目の前が明るくなるような緑いっぱいの庭が広

コテージの庭には、お気に入りのハーブが元気に育っていた

ピアスさんのコテージ

がっていました。ここが『トムは真夜中の庭で』の舞台となった庭なのかと思うと、自分がファンタジーの世界にいるような、不思議な気分になったものです。

「一九世紀の初めには、形式ではなく、植物を自然にあるがままに生かした庭づくりが流行していました。この日時計のあるコーナーは、私の大伯母が水彩画に描いていて、イラストレーターもこの物語のイラストを描くときにその絵を参考にしたのですよ」とピアスさん。一五章「塀の上からの眺め」に添えられた挿絵がそれです。描かれている塀、草花が咲き乱れる小道、日時計は、今も作品の世界そのままに姿をとどめていました。挿絵には、トムは塀の上に膝をついて、日時計の裏にあるミソサザイという鳥の巣を見ていて、その下でハティがトムに下りてくるように叫んでいる様子が描きこまれています。

「この塀の上を父は、子どもの頃よく歩いていたそうです。ちょうどトムのようにね」

もしかしたら、ある晩トムがグウェンおばさんの台所にある食料品貯蔵室に忍び込んで、トライフルを見つける場面も、ピアスさんのお父さんがしていたことかもしれません。「男の子というものは、おなかがすいていてもいなくても、食料品貯蔵室へはいっていきたがるものだ」と書いてありますから。

食料品貯蔵室とは、イギリスの家なら台所の北側に作られていることが多い、食品庫のことでしょう。ジャムなどの保存食や野菜、残り物などを置いておけるとても便利な納戸のようなものです。ここでトムは冷えたポーク・チャップやブドウパ

『トムは真夜中の庭で』の
挿絵にもある日時計
物語ではこの塀の上を
パジャマ姿のトムが歩く

『トムは真夜中の庭で』より
（スーザン・アインツィヒ絵）

挿絵と大伯母の描いた絵を
照らし合わせて
説明するピアスさん

ン、ケーキ、バナナと一緒に半分残ったトライフルを見つけるのです。
この物語を、イギリスにまったく縁がない頃に読んだ私は、トライフルとはいったいどんな食べ物だろう、と想像を膨らませたものでした。

トライフル(trifle)とは「つまらないもの」という意味で、中期英語のtruffleに由来すると言われています。大きなガラスのボウルなどの器にシェリー酒をたっぷりと含んだスポンジ、バナナなどのフルーツ、カスタード・クリーム、生クリームを層になるように順に重ねたこのデザートは、つまらないどころか、様々な味が溶け合って、この上ない美味しさです。作りたてよりも一晩置いたくらいのほうが、スポンジがしっとりとなじんでいっそう味が深くなるのも魅力です。トムが見つけた食べかけのトライフルも、きっとしっとりと食べ頃になっていたにちがいありません。

時間が経つほど味わいが増すこのデザートは、前もって準備できるのでおもてなしにも主婦の強い味方。共働きで忙しいはずのイギリスの友人夫婦宅で、美しいトライフルがまるで魔法のように食卓に登場する陰には、そんな秘訣も隠れていました。

「そして、このドアをくぐってトムが庭に入ってきたのです。昔はここから外に行けたのですが、今は閉じてしまいました」

そういってピアスさんが指さしたドアは、塀のうっそうとした緑の葉の中に埋もれるようにしてありました。

トライフル。
大きなガラスの器で美しく作りたい

広々とした芝生の向こうに家が見えるところまで来て、ピアスさんは急に振り返りました。

「ここからキングス・ミル・ハウスの家を見ると、イラストのバーソロミュー夫人のアパートにそっくりでしょう？　ただ、イラストは物語に合わせて、もう一階高い三階建てになっているけれど」

そのイラストは岩波少年文庫のカバーにも使われているものです。

トムとハティが遊んだ庭には、芝生を囲うように色とりどりの草花が咲き乱れ、リンゴ、プラム、ナシ、ブラックベリーなどの果実が実る果樹園もあり、菜園にはルバーブ、ニンジン、ネギなどが植わっていました。

ルバーブは、ビアトリクス・ポターの『あひるのジマイマのおはなし』の中にも描かれているように、イギリスでは一般家庭で広く栽培されている野菜です。その大きな葉、しっかりとした茎が一見するとフキにそっくりな植物で、食用にするのはその茎の部分。和名は大黄というタデ科の植物です。中国では、チャイニーズ・ルバーブという品種が古くから薬用として消化剤、下剤として使われてきました。ヨーロッパでは薬草として中国やチベットから輸入していました。食用となる品種はガーデン・ルバーブと呼ばれ、イギリスではビクトリア朝時代に品種の改良がなされ、普及が進みました。「ビクトリア」や「プリンス・アルバート」などと名付けられた品種が生まれたほどです。

ただし、強い酸味のあるルバーブには砂糖が必要です。七つの海を制覇したイギ

『トムは真夜中の庭で』の舞台となった家の庭への玄関。
挿絵にも描かれている

リスのこと、高価だった砂糖が、その大産地となった西のカリブ海から、東の中国からの紅茶の普及とともに安価になってもたらされるようになったことも、ルバーブを広く栽培し、食べられるようになるのを助けました。ルバーブを食べるとカルシウムが失われるというので、イギリスの家庭では必ず乳製品と一緒にとるように言われています。そのせいでしょうか、カスタード・クリームを合わせたタルトや、柔らかく煮たルバーブとカスタード・クリームを合わせたフールというデザートには牛乳や生クリームが使われます。

「この庭を手放すときに、忘れてはいけないと思って、庭のあらゆる植物を描いた詳しいノートを作ったのですよ。でもその必要はありませんでした。隅々まですべて頭の中に入ってしまっているのですから」

ピアスさんが庭を歩きながらポツリとつぶやいたその言葉に、ほかのだれにもわからない、庭との強い絆を感じずにはいられませんでした。

庭の片隅には、ケム川が静かに、もう動くことのない水車小屋の下をゆったりと流れています。

トムとハティは凍ったこの川をスケートで滑り、大聖堂で知られるイーリーという町にまで行くのです。二人が上った大聖堂の塔の上からの眺めを私もどうしても見てみたくて、同じ塔の上にも行ったことがありました。イーリーの周辺一帯、イギリス東部は、海抜がせいぜい二〜六メートルの低地になっており、低地地方と呼ばれています。塔の上からは見渡す限りの緑の平地が広がり、その中をすうっと線

『トムは真夜中の庭で』の舞台となった庭を流れるケム川

フォーサーという陶器製のつぼのようなものがルバーブの遮光栽培に使われる。光合成を防ぐことで赤の発色がよくなり、柔らかく、マイルドな味のルバーブが育つ

を引いたようにケム川が流れています。とどまることなく流れ、変化し、二度と同じ場所に戻ることのないこの川の流れは、人生そのもののようです。現に、この川を滑るハティは庭で遊んでいた子ども時代に別れを告げ、少女から、若い女性に成長しているのです。

そのハティの姿は、きっとピアスさんの人生とも重なるのかもしれません。幼い日々を過ごし、遊んだ庭から巣立ったピアスさんは、ケンブリッジ大学を卒業し、BBCで学校放送を担当後、作家として成功を収めて再び我が家の近くで暮らすようになります。その間には喜び、また悲しみもちりばめられていることでしょう。

庭の散策を終えて、ピアスさんが一人で暮らしていたそのコテージに戻ってきました。周りは一面に小麦畑が広がり、庭と接する野原には馬が草をはみ、ケム川が流れるのどかなところです。

お気に入りのミントやセージが茂る庭には、ピアスさん自身が焼いてくださったお手製のスポンジケーキと紅茶が用意されていました。アンティークのような愛らしいカップやお皿が並び、一人ずつに自らケーキを切り分け、紅茶を注いでくれました。ケーキを切り分ける温かい手、紅茶のカップを渡すときの優しいまなざし、穏やかな声、頬にあたった風の心地よさ……、今もふとピアスさんとの時間を思い出すことがあります。

ピアスさんが亡くなってしまった今となっては、あの初夏の日、あの庭でのあの時間は、トムの夢の中で起こった出来事のように私には思えます。もし再びピアス

イーリーの大聖堂の塔からの眺め。
トムとハティは、凍ったこの川の上を
イーリーまでスケートで滑っていく

イーリー大聖堂

さんの庭を訪ねることができたら、またあのピアスさんに会えるような気さえするのです。けれども、あの庭は今もあの場所に変わらずにあるかもしれませんが、もはやその庭はピアスさんが暮らしていたあの庭ではありません。私は自分の記憶の中にある、ピアスさんの庭をこれからも幾度となく訪れることでしょう。

「時」は、ものも人間も、ことごとく変えてしまう。……物語のおわりのところで、トムはおばあさんのバーソロミュー夫人を抱きしめるが、あれはおばあさんが、トムがいつもいっしょに遊ぶのをたのしみにしていた少女だとわかったからである。

――「『真夜中の庭で』のこと」『トムは真夜中の庭で』所収

エッセーの中で、そうピアスさんは書いています。時間がもたらす変化というものを、自分自身が目の当たりにしたからこそ、ピアスさんはこの最後の場面を書けたのでしょう。他の誰でもなく、自分のため、大好きな庭のために書いた作品――。「おばあさんは、じぶんのなかに子どもをもっていた。私たちはみんな、じぶんのなかに子どもをもっているのだ。」年齢を重ねるにつれ、ピアスさんの書いたこの言葉が胸に迫ってくるのです。

ピアスさんの庭でのお茶会

ピアスさんの馬

スコーン
Scone

トムは真夜中の庭で ✦ RECIPE

材料 ＊直径 5 cm の菊型 6 ～ 7 個分

薄力粉……200 g
（全粒粉 100 g ＋薄力粉 100 g にしても
さっくりとした焼きあがりになり、美味しい）

ベーキングパウダー……小さじ 2
（アルミニウム不使用のものが望ましい）

塩……ひとつまみ

無塩バター……50 g

グラニュー糖……大さじ 1

卵 1 個と牛乳を合わせたもの……100 ml

1. オーブンはあらかじめ 200 ～ 220 度に熱しておく。ボウルに薄力粉、ベーキングパウダー、塩を合わせてふるい入れる。

2. 冷蔵庫で冷やしておいた、1 cm 角に切ったバターを 1 に加え、粉類をまぶしながらナイフでさらにあずき粒大に切り込み、さらに手のひらをすり合わせるようにして粉類とバターをなじませ、サラサラのパン粉状にする。グラニュー糖を加えて混ぜる。

3. 計量カップに卵を割り入れて溶き、そこに牛乳を加えて合わせて 100 ml にする。それを 2 のボウルに加えて、ゴムベラで切るように混ぜ、ひとまとめにする（ここまでをフードプロセッサーで作ることもできる）。

4. 打ち粉（強力粉、材料外）をした台に取り出し、軽くこねた生地を、めん棒または手のひらで 2 cm ほどの厚さにのばし、菊型（強力粉をまぶすとよい）で抜く。天板にのせ、表面に牛乳（分量外）を横に垂れないように（垂れると膨らみが悪くなる）刷毛でぬる。あらかじめ温めておいたオーブンの上段に入れ、8 ～ 9 分焼く。温かいうちにクロテッドクリーム、ジャムをのせていただく。

くまのパディントン

手作りのマーマレードは温かい家庭の証

イギリス生まれのマーマレードですが、今や日本でもネーブル、文旦、八朔、柚子などの柑橘類を使って、独自の美味しいマーマレードを楽しむようになってきました。きっと、我が国にも大勢のマーマレード好きの人たちがいることでしょう。パディントンのように。

「マーマレードは、クマの大好物ですからね。」と自分で言ってのける、くまのパディントン。南米ペルーで一緒に暮らしていたルーシーおばさんが年を取り、老人ホームならぬ老グマホームに入ることになったため、密航者としてはるばる南米ペルーからイギリスにやってきました。

なんと、ペルーからの長い道中ずっとマーマレードで飢えをしのんでいたというほど、パディントンはマーマレード好き。イギリスに来て初めてマーマレードに出会ったのかと思いきや、ペルーにいた頃からの大好物だったのです。

移民としてイギリスにやってきたのは、ルーシーおばさんのたっての希望でもあったようで、そのためにおばさんはパディントンの将来を考え、英語まで学ばせて

『くまのパディントン』

マイケル・ボンド 作　**松岡享子** 訳
ペギー・フォートナム 絵

南米ペルーからロンドンにやってきたくまのパディントン。駅でブラウンさん一家と出会い、いっしょに暮らすことになりました。マーマレードが大好きなパディントンは、たちまち街の人気者に！（福音館文庫、2002年）

いたのです。

ロンドンに住むブラウン夫妻が、休暇で帰ってくる娘のジュディを迎えに出かけたのが、混雑した夏のロンドン、パディントン駅。ブラウン夫妻はこの駅で「このくまのめんどうをみてやってください。」という札を首からぶら下げてスーツケースの上に座っていたくまに出会います。そして、出会った場所がこの駅であったことから、夫妻はこのくまに駅の名を取ってパディントンと名付けるのです。

ロンドンでは行先によって八つの始発駅が決まっていますが、このパディントン駅はそのひとつ、ナショナル・レールと地下鉄が交わる大きな鉄道駅です。ここから出るのは、イギリス西部であるブリストル、バース、ウェールズ南部、コーンウォール方面への長距離列車と、オックスフォードやロンドン西部への近郊路線を運行するグレート・ウェスタン・レールウェイおよびヒースロー空港とを結ぶヒースロー・エクスプレスです。

多くの路線が集まっているだけに、実際にパディントン駅に行ってみると、その想像以上の大きさに圧倒されます。電光掲示板に列車の時刻表が映し出されるや否や、その列車をめがけてプラットフォームに急ぐ人たち、駅構内のカフェで汽車の時間を待ってお茶を飲む人たち、背広姿のビジネスマンなど多くの人でいつも混雑しているのです。そんな人混みのなかで、ブラウン夫妻に見つけてもらったパディントンは何て幸運なのだろうと思えてきます。

この駅の一番線のプラットフォームに行けば、今もパディントンに会えるのをご

パディントン駅の銅像
（Thomas Steven氏撮影）

パディントン駅

ぞんじですか？　たった今着いたばかりというようにスーツケースを椅子代わりにして腰かけ、「広いつばのついた、何とも奇妙な帽子」をかぶったパディントンのブロンズ像があるのです。駅の二階、一二番線のプラットフォームには、パティントングッズを取り揃えた店があります。パディントン・ファンにはうれしい名所となっています。その店の横に佇《たたず》むパディントン像は、二〇一四年に公開された映画『くまのパディントン』の宣伝用にロンドン中に置かれたうちのひとつです。

「うちへ来れば、毎朝、朝ごはんにマーマレードをあげるわ。」

　このブラウンさんの奥さんのなにげない「毎朝」という言葉がパディントンにはどれほど魅力的に響いたことでしょう。なにしろ「暗黒の地ペルーじゃ、マーマレードはとても高いんです。」と語るパディントン、毎日マーマレードを食べられるのは夢のようにうれしかったにちがいありません。

　ところで、パディントンがそれほどまでに愛してやまないマーマレードは、どこで、どうして生まれたものなのでしょうか。マーマレードというその名前の語源も気になります。オレンジを使ったのであれば、どうしてほかの果物、イチゴやブルーベリーのようにオレンジジャムとならなかったのでしょうか。

　歴史をひもとくと、その起源には諸説ありますが、一説にはマーマレードを最初に作った女性は、スコットランドの町、ダンディーにいたということです。時は一

パディントン駅にあるショップ。グッズの品揃えではイギリスでここに優る所はなく、本からぬいぐるみまで何でも手に入る

七九〇年代、その名をミセス・ジャネット・ケイラーといい、食料品店の妻でした。

ある日、夫のケイラー氏は、スペインから届いた貨物一杯のオレンジを、格安で手に入れて帰ってきます。格安にはわけがありました。それは、オレンジを積んだ船がイギリスへ来る途中で冬の嵐に会い、到着が遅れてしまったためにせっかくのオレンジはもはや売り物にならなくなってしまったからで、それをケイラー氏が二束三文で買い取ったのでした。ところが、店に出してもなかなか売れません。柚子のように皮が厚く、その分、食べる実の部分は少なく、しかも強い酸味があるので、食べられるものではなかったのです。実は、これがオレンジの品種のひとつ、セビルオレンジでした。

売れずに困ってしまった大量のオレンジを見かねて、ミセス・ケイラーは、このオレンジでジャムを作ってみたのです。ミセス・ケイラーはすでにマルメロ(西洋カリン)で作ったジャムを「マーマレット」(marmalet)と名付けて、店で売り出し、好評を博していたので、それをもじって「オレンジ・マーマレード」と名付けて売り出したところ、お客たちはこの新しい商品に飛びつきました。「失敗は成功の元」とはまさにこのことです。ミセス・ケイラーの売り出したマーマレードは人気を呼び、一八二八年には、ミセス・ケイラーは息子とともに、マーマレードの会社を設立するまでになったのでした。

その会社は、「ジェームス・ケイラー&サンズ」と名付けられ、彼らの作ったマーマレードは、スコットランドから、遠くオーストラリアやインド、中国に至るま

セビルオレンジ。
マーマレード・オレンジとして売っている

で広く海外に輸出され、世界的に有名になりました。

このマーマレードを焼きこんだケーキとしては、ダンディー・ケーキと呼ばれるフルーツケーキがありますが、誰が最初に作り始めたかは定かではありません。おそらくダンディーの町に住む誰かがフルーツケーキを作っているときに、たまたま材料のドライフルーツが足りず、それを補うのに家にあった手近なマーマレードを加えたのではないか、と伝えられています。じつは、このダンディー・ケーキを最初に商品として売り出したのもジェームス・ケイラー&サンズでした。上面に放射状に並べ、焼きこんだアーモンドの飾りも、このケーキの特徴です。

ちなみにオレンジは、セビルオレンジの実るスペインや、地中海地方が原産かと思っていましたが、原産は中国、インド、ミャンマーなど諸説あるようです。ローマ帝国の末期にスパイスや絹などと同様にアラブの商人たちによってヨーロッパにもたらされました。豊かさの象徴として料理に使われ、オレンジの花からとれる香料は食べ物だけでなく、浴槽や化粧品を香らせました。オレンジの白い花は純潔の証として花嫁の冠にも好まれました。イタリアの富豪メディチ家の紋章に使われた五つの赤色の玉が、一説には同家が交易していた苦いオレンジを表しているともいわれています。

さて、ロンドン市内、ポートベロー・ロード近くのウインザー・ガーデン三二番地にあるブラウンさんの家で暮らすことになったパディントン。英語を話し、礼儀

パディントンが見たような
2階建てバスからの眺め。
左奥は老舗デパートのハロッズ

正しい、紳士的なくまですが、イギリスの生活で起こることは彼にとってはじめてのことばかり、お茶目な失敗もいろいろしでかします。ブラウンさん一家と暮らすパディントンを通して、まるで自分がイギリスで暮らしはじめたように、なにげない日常の暮らしを味わえるのもこの物語の楽しさです。

ブラウンさんの家で迎えたはじめての朝、パディントンは、朝食をベッドの中でとるという贅沢を味わいます。トレーには「半切りしたグレープフルーツ、ベーコンエッグ、トースト、マーマレードはびんごとそっくり、それに、大きなコップにたっぷりのお茶」という典型的な朝食のメニューです。

ベッドでの朝食はイギリスでも贅沢なもの、でもきわめてイギリスらしい習慣でもあります。ブラウンさん宅の家政婦であるバードさんが運んできたこの朝食、マーマレードは彼女のお手製かもしれませんね。

イギリスで大ヒットしたドラマ、『ダウントン・アビー』を観ていると、館主の奥様がメイドに運ばせた朝食をベッドで優雅に楽しむ場面がしばしば登場します。身支度を整える前に、ゆっくりとベッドで楽しむ朝食。今では、一般のイギリス庶民でしたら、それは休暇で滞在するホテルで味わう楽しみのひとつかもしれません。ホテルによっては、トレーにのった朝食を部屋まで運んでくれるサービスがありますから。

ちなみに朝食のトーストにマーマレードをつけるという習慣は、スコットランドで始まったとされているようです。マーマレードの使い方としてはケーキに焼きこ

パディントンも楽しんだイギリスの朝食。ベーコンエッグに、トマト、マッシュルームが添えられる

朝食のテーブルには、カリカリに焼いたトーストとマーマレードが欠かせない

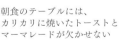

むことはあっても、お茶の時間のお菓子の代表ともいえるスコーンに添えられるのを見たことはありません。マーマレードはあくまでも朝食のもの、カリッと焼いた薄切りのトーストのためにあるのです。

私にとって最高のマーマレードは、クック家の奥さん、リタさんの作ったマーマレードです。娘のように受け入れてくれたクック家にとって、私はペルーならぬ、日本からやってきたパディントンそのものでした。

クック家の朝食では、カリカリに焼いたトーストにたっぷりとバターを塗り、その上にお手製のマーマレードをのせて食べるのが何よりの楽しみでした。これほど美味しいトーストの味わいが他にあるだろうか、と思いながら、幸せな思いでいっぱいでした。

マーマレード作りに最適なセビルオレンジがスペインから運ばれるのは一二月から二月初旬のあいだだけ。この季節にリタさんは一年分まとめて、大量のマーマレードを作ります。

私が住んだウィンブルドンには、屋台の八百屋さんが立ち、その季節になると、店先では箱一杯のセビルオレンジが「マーマレード・オレンジ」の愛称で売られていました。暗い冬空の下では、このオレンジがまるで太陽のように明るく輝いて見えたものでした。

それぞれの家に、その家ならではのマーマレードの作り方があるものですが、リタさんのレシピは若い頃、隣に住んでいたアイルランド人の奥さんに習ったものと

リタさんのマーマレード。
オレンジをゆでているところ

リタさんのマーマレード

マーマレードを作るリタさん

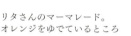

か。一般的には皮を細く刻み、果肉と合わせて煮るところですが、リタさん流は、セビルオレンジを丸ごと鍋に入れてゆでるところが特徴です。何十年にもわたって、おなじ作り方でずっと作り続けてきたご自慢のマーマレードです。

黄金色に輝くマーマレードの瓶がずらりとテーブルの上に並んだときのリタさんの笑顔は、誇りに満ちていました。親しい人へのプレゼントやケーキ作りにと、このマーマレードが一年を通して大活躍するのです。どんな有名店のマーマレードでも、リタさんの手作りのマーマレードにはかなわない、今でも私はそう思っています。

太陽のように輝くセビルオレンジが店先に並ぶと、マーマレードづくりの季節がまたやってきたことを知るわけですが、ちょうどこのセビルオレンジが出回り始める頃、イギリスでは一年で最大の行事、クリスマスに向けて人々の気持ちは浮き立ちます。

パディントンもブラウンさんの奥さんと連れ立って買い物に出かけたり、クリスマスカードをマントルピースの上に並べるお手伝いをしたり、とクリスマスの準備の日々を楽しく過ごします。食堂の窓のそばにはクリスマスツリーが飾られ、きっとドアの上にはミスルトー(ヤドリギ)の枝が下げられたことでしょう。街では、ツリーのそばで、美しいミスルトーの束が売られているのもよく見かけるほど、ヒイラギやアイビーと並び、イギリスのクリスマスには欠かせない常緑の植物です。イギリスではキッシング・バンチとも呼ばれ、この下では男性は女性に許しを得ずと

ミスルトー

もキスをしてよいことになっています。北欧神話では愛の女神、フリッグの涙がこのミスルトーの白い実となったという伝説があり、この下でのキスは愛の女神から許されたもの、キスをするたびに一つずつ実は取られ、実がなくなったらその効力もなくなるのです。

ミンスパイだのプディングだのケーキだの、つくらなければならないものが山ほどあって、バードさんは、一日の大半を、台所で過ごしていました。……パディントンは、ミンスパイにとても興味をもっていて、オーブンの戸をあけて、できぐあいを見たがってしょうがないのです。
——『パディントンのクリスマス』

ブラウンさん一家の家政婦、バードさんは台所でクリスマスの準備に大忙しの様子です。バードさんの手によって、これからイギリスのクリスマスに欠かせないお菓子たちが台所で次々と作られていくのですから、台所はさぞかしかぐわしい匂いで満ちていたことでしょう。とくにパディントンはミンスパイに興味津々、どんな味わいなのか、早く食べてみたい、まるで小さい子どもそのままの姿が想像できます。

クリスマスを一二月二五日に祝うことになった理由には諸説ありますが、一説には、古代から行われていた「冬至の祭り」が起源となっています。古代ローマ帝国では、太陽を神と崇《あが》める太陽信仰を行っていましたが、秋から冬にかけて日照時間

生まれたばかりのキリストが入っていた
飼い葉桶に似せて焼くミンスパイ

が短くなると死が近づくと恐れられていました。冬至の日を境に日は長くなることから、太陽が再び輝き、新しい年がやってくることを願い、太陽神ミトラの再来を祝う祭りがこの「冬至の祭り」でした。キリスト教が入ってくると、この「冬至の祭り」が、世の光と呼ばれたイエス・キリストの誕生と重ねて祝われるようになったのです。

クリスマスのお菓子に使うドライフルーツは、太陽の恵みでもたらされた収穫を表す象徴です。イギリスのクリスマスに欠かせないミンスパイ、フルーツケーキ、プディングは、いずれもフルーメンティーというシンプルな小麦の粥に、砂糖、スパイス、卵、ドライフルーツ、ワイン、細かく刻んだ肉などが加えられた、クリスマスならではの贅沢なものが基本の材料となっています。このクリスマスのフルーメンティーをパイ皮に入れて焼いたものがミンスパイとなり、錫《すず》の型に入れて焼いたものがクリスマスケーキとなり、布で包んで蒸したものがクリスマス・プディングとなったといわれています。

とくにミンスパイは、ミンスがミンスミートのことを指し、「細かく刻んだ肉」という意味ですから、その起源を今も名前に残しているといえるかもしれません。ただし、一七世紀半ばになると肉の一部あるいは全部が牛脂(スエット)に代わり、一九世紀になると肉は使われなくなりました。その結果、ミンスミートはレーズンなどのドライフルーツ、ナッツ、リンゴ、スパイス、牛脂、ブランデーなどを混ぜて熟成させたものとなりました。これをキリストが生まれた時に入っていた飼い葉

クリスマスの食卓。
大きなキャンディーの包みのようなものはクラッカー。
中から紙の帽子や占いが出てくる

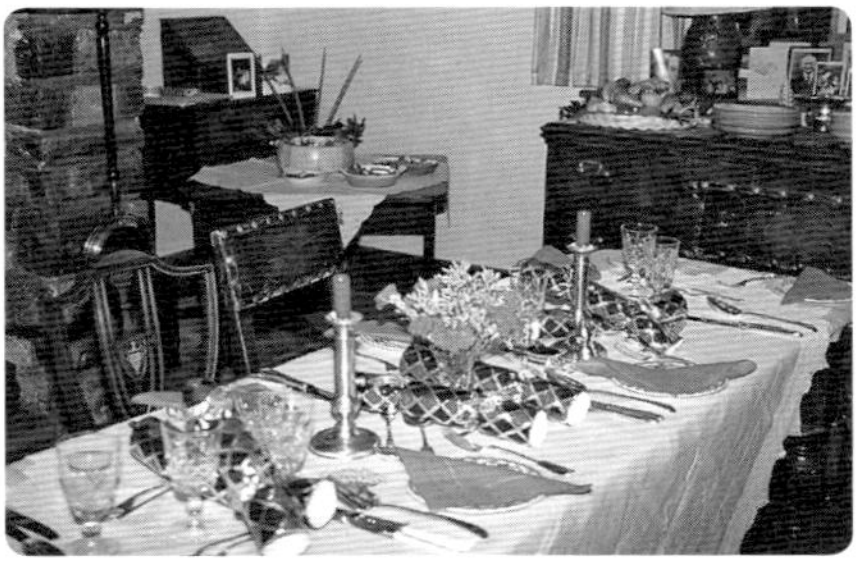

クリスマス・プディングには
ヒイラギのひと枝が欠かせない

桶に似せた、小さな楕円形または円形のパイに詰めて焼きあげます。クリスマスの日から一月六日の公現祭まで毎日ミンスパイを食べると、その一年は幸せに恵まれるという言い伝えも残っています。

中世のヨーロッパでクリスマスケーキの原型となったものは、トウェルフスナイト・ケーキと呼ばれ、キリスト生誕から一二日目にあたる一月六日の公現祭に、インゲン豆を入れて焼かれるものでした。インゲン豆は幼子イエスを表し、豆が入った一切れにあたった人がその日の王様になりました。フランスで一月六日の公現祭に楽しむガレット・デ・ロワは、この伝統を今に伝えるものです。

またクリスマス・プディングは、クリスマスから五週前の日曜日にあたる、ステアアップ・サンデー(Stir-up Sunday)に家族揃って作るのが昔ながらの習慣です。その材料は、レーズンや牛脂、スパイスなど、キリストとその使徒を合わせた数にちなんだ一三種です。言い伝えでは、東から西へ、つまり時計回りに材料をかき混ぜながら願いごとをすれば、新しい年にそれがかなうというのです。東から西は東方の三博士がイエス・キリストの誕生を祝ってやってきたことにちなんでいます。すべての材料を布または陶器の型に入れ、じっくりと蒸してから一カ月ほど熟成させます。そうそう、ラッキー・チャーム(お守り)の六ペンス銀貨も忘れずに入れないといけませんね。そしてクリスマス当日、再び数時間かけて蒸し直します。

ビクトリア朝時代にクリスマスの伝統を作ったともいわれるようになったチャールズ・ディケンズの作品『クリスマス・キャロル』では、布に包んだクリスマス・

トウェルフスナイト・ケーキ。
クリスマスから数えて12日目の1月6日に
インゲン豆を入れてアイシングで
デコレーションした豪華なケーキを楽しんだ。
これが現代のクリスマスケーキへと変化した

プディングを釜でゆでる様子が生き生きと描かれています。熱々のプディングの上には、キリストの受難、永遠の命を表すヒイラギの枝をのせ、上からブランデーをかけて火を灯し、食卓に運ぶのです。

ブラウンさん一家も食卓で楽しんでいたクリスマス・プディングですが、なんとバードさんがプディングに仕こんだ六ペンス銀貨を、パディントンが飲みこんでしまったことがわかり、大騒ぎになるのです。

本来なら取り分けられたプディングに銀貨が当たった人は、お金持ちになるという幸運を示す、新しい年への占いなのですが、そんなことを知らないパディントンは骨と思って飲みこんでしまったのでした。さあ、それからが大変です。飲みこんだ銀貨を出そうと、家族全員でかかってパディントンを逆さに吊るし、揺さぶるのですが、結局銀貨は出てきませんでした。

アガサ・クリスティーの作品のひとつ『クリスマス・プディングの冒険』は、二〇世紀初頭のイギリス上流階級の家庭でのクリスマスを知ることができる、恰好の作品ですが、その中に切り分けたプディングから何が当たるかで盛りあがるシーンがあります。かつてはこの六ペンス銀貨のほかに、指輪、ボタン、指ぬきなどのチャームと呼ばれるお守りを入れる習慣があったのです。長年独身を貫いた名探偵ポワロには将来も独身を表すボタンが当たって苦笑いするところがあります。そしてじつは、高価なルビーの盗難事件にもこのクリスマス・プディングが関わっているのです。

クック家でのクリスマス・プディングに火を灯すところ

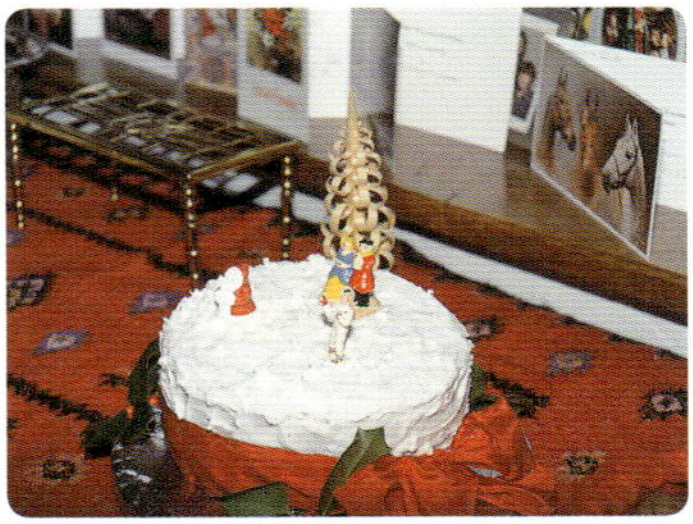
クリスマスケーキ。後ろに置かれているのは届いたクリスマスカード

ヒイラギの柄の付いた布に包まれて売られているクリスマス・プディング

物語の中のブラウン夫妻は、作者マイケル・ボンドとその妻ブレンダに重なります。ボンドはパディントン駅ではなく、デパートの棚の上にぽつんと置かれていた一匹のくまのぬいぐるみに出会います。ボンドは、このくまを可哀想に思い、妻へのクリスマス・プレゼントにしようと、家に連れ帰ってきたのでした。それは、一九五六年のクリスマス・イブのことでした。夫妻はパディントン駅に近い家に住んでいたので、このくまをパディントンと名付け、可愛がったということです。

「ところで、パディントン。きょうは、クリスマスだけじゃなく、きみの誕生日でもあるんだよ。」(『パディントンのクリスマス』)とブラウンさんが語るのは、ここに基づいているのでしょうか。ちなみにパディントンの誕生日は年に二回あり、もう一つは六月二五日だということが『パディントン フランスへ』に書かれています。

ボンドはこのくまを主人公に、自分の楽しみとしてお話を書いていましたが、二年後、そのお話は一冊の本、『くまのパディントン』として産声を上げることになったのでした。

当時ボンドはBBCでテレビカメラマンとして働いていました。初の作品となるこの『くまのパディントン』が出版されたのと同じ年、一九五八年に長女カレルさんが誕生しています。あるインタビューでカレルさんは「同じ年に生まれた私とパディントンは、まるできょうだいのように仲良く一緒に育ちました」と語っています。パディントンはボンド家のかけがえのない家族の一員として、大切な時間を重

ハロッズにある
パディントン・コーナー

ねたようです。

ある番組の映像で、奥さんのお手製のマーマレードをたのしむ、ボンドの優しい笑顔に出会いました。マーマレード好きは彼自身のことでもあるのだと、そのほほえましい光景を観ながら思いました。誕生からすでに半世紀以上、パディントンがなによりも愛するマーマレードのある暮らしは、温かい家庭の象徴でもあるように、イギリスの暮らしの中でずっと息づいているのです。

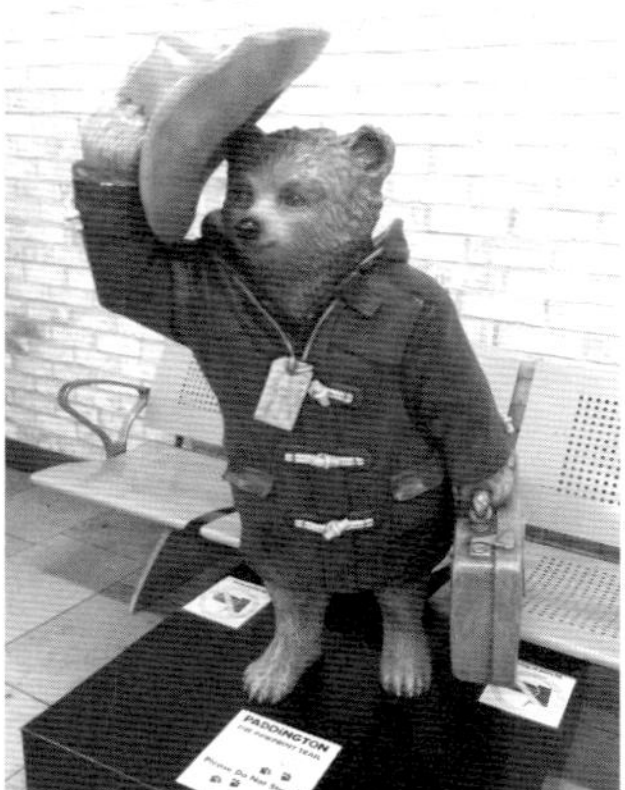

映画の宣伝用に
ボンドがデザインした
パディントン像

くまのパディントン✦RECIPE

マーマレード
Marmalade

〔材料〕＊300ml 前後の瓶約 5 個分

- 橙(国産の無農薬のもの)……**1kg**
- グラニュー糖……**600g**(橙の 60%)
- レモン汁……**50ml**

1. 橙をきれいに洗う。大きめの鍋に橙を並べ、浮かぶ程度に水を加え、火にかける。沸騰したら弱火にして、橙が浮き上がってこないように、お皿などを使って落とし蓋をして、1 時間ほど煮る。橙の皮が柔らかくなったら、ざるなどにすくい上げ、冷ましておく。

2. 橙が冷めたら、半分に切り、中身をスプーンですくい取り、ボウルに入れる。重さをはかり、その 1.2 倍程度の水を用意する。種を取り分けてガーゼなどに包み、ひもで縛り、実は、薄皮ごとザクザク刻む。皮は薄くスライスする。

3. 鍋に 2 の実と皮、水、レモン汁、砂糖の 1/3 量を加えて(このとき、皮がまだ十分に柔らかくない場合は、砂糖を入れる前に皮が柔らかくなるまで煮てから最初の砂糖を加える。砂糖を加えた後では皮が柔らかくならないので)、種の包みを入れ、紐を鍋の柄に結び付ける。はじめは強めの中火、蒸気が出てきたら、弱火にして、かき混ぜながら煮る。残りの砂糖を 2 回に分けて加え、充分にとろりとしたら、種の包みの中身をしごくようにして鍋に入れてから、引き上げる。鍋にスプーンをさし入れ、背についた煮汁に充分な濃度があればできあがり。

4. 熱いうちに煮沸消毒した瓶に詰め、しっかりと蓋をする。

MARY POPPINS, 1934

風にのってきたメアリー・ポピンズ

さりげない魔法で日常を彩る、心優しきナニー

ロンドンのヒースロー空港に飛行機が近づくと、窓からはまるでドールハウスのようなレンガ造りの家々の屋根が見えてきます。長い年月を重ねてきた優しい色合い、緑の中の、その何とも言えぬ美しい光景を眼下に見て、ああ、ロンドンにやってきたな、と胸がいっぱいになる瞬間です。

傘を片手に、空からロンドンの街に降り立ったメアリー・ポピンズも、眼下に広がるこの眺めをきっと楽しんだことでしょう。

季節の変わり目を風が知らせてくれるのは、四季のある日本とイギリスに共通していることです。イギリスに冬の訪れを告げるのは、日本の北風にあたる、シベリアからの寒気が南下することによって吹く東風。メアリー・ポピンズはこの東風にのって、ロンドン、「桜町通り一七番地」のバンクスさんの家にやってきます。

そして、日本では南寄りの強い風、春一番が前ぶれとなり東風が吹いて春がやってきますが、イギリスでは西風が吹きます。その春の西風にのってメアリー・ポピンズは再び飛び去っていくのです。イギリスが一番暗く、寒い季節にやってきて、

『風にのってきたメアリー・ポピンズ』

P. L. トラヴァース 作　**林容吉** 訳
メアリー・シェパード 絵

東風の吹く日にこうもり傘につかまって、空からバンクス家にやってきた、ちょっと風変わりなナニーの物語。彼女が語るお話は、子どもたちをふしぎな冒険の世界へと導きます。
（岩波少年文庫、1954年）

バンクス家に幸せをもたらしたと思ったのもつかの間、あっという間に春風とともに消えてしまう、まさしくマジックのようです……。

バンクス家にはシティの銀行に勤めるバンクス氏と奥さん、そしてジェイン、マイケル、まだ赤ん坊の双子のジョンとバーバラという四人の小さい子どもが住んでいます。この家では子どもの世話をするばあやが出ていってしまって、その代わりを探しているところでした。

ちょうどそこへ風にのってやってきたメアリー・ポピンズは、バンクス家にとってはこの上なく好都合で、すぐに子どもたちの子守り役、ナニーとして採用されることになるのです。やってきて早々階段の手すりを下から上に登ったり、じゅうたんでできているという空っぽのバッグから、真っ白いエプロンや香水など身の回りのものや寝具やベッドといった家財道具までも手品のように次々と取り出したり、子どもたちの着替えの時、服を脱がせるのに目くばせだけでボタンをはずしてしまったり……。明らかに謎めいた人物でありながら、その不思議さで彼女はまたたく間に子どもたちを魅了してしまいます。

きわめつけは、寝る前に子どもたちに差し出されたひとさじの液体でしょう。マイケルは薬ではないかと思って飲むのをいやがりますが、メアリー・ポピンズの「こわいような、それでいて、ひどくひきつけるようなところ」に押されて飲んでみると、なんとストロベリー・アイスの味がするのです。姉のジェインが飲むと、それはライム・ジュース・コーディアルの味でした。

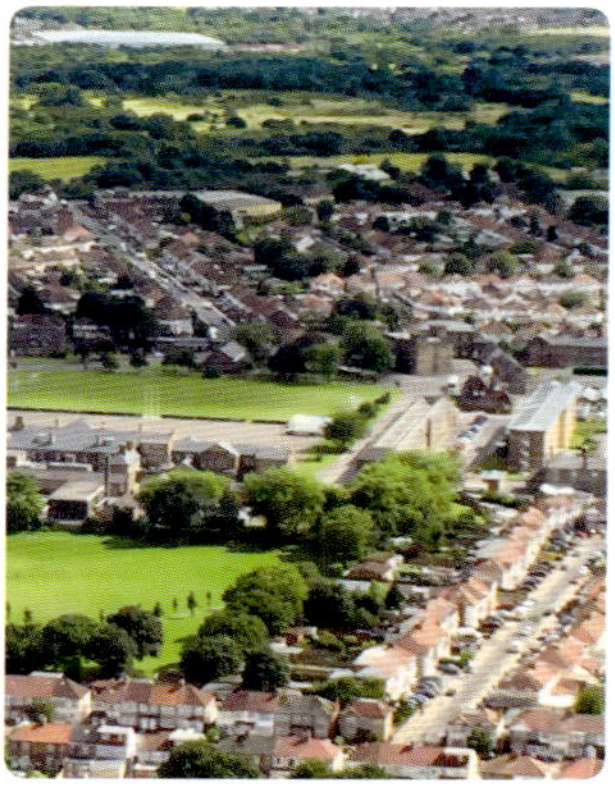

飛行機から眺めた
ロンドンの風景

コーディアルとは何でしょう。コーディアルとは、ラテン語の「心臓」にあたる言葉から由来し、形容詞としてのコーディアルには「心からの」という意味と、「強心性の」という意味があります。名詞のコーディアルには「強壮効果のある薬、あるいは飲み物」と、ハーブの成分や濃縮果汁で作る甘いシロップ、またはリキュール（蒸溜酒に果実、花、ハーブなどの香味を移し、甘味を加えたもの）といった三通りの意味があります。

L・M・モンゴメリ作の『赤毛のアン』に登場するのはラズベリー・コーディアル（村岡花子訳では「いちご水」）。ここでは、いわゆるラズベリーの濃縮シロップですが、アンはお茶会に招いた親友ダイアナにラズベリー・コーディアルと間違えてスグリの果実酒、カラント・ワインを勧めてしまいます。その結果、ダイアナは酔っぱらってしまい、せっかくのお茶会が台無しになってしまうのです。

私は、コーディアルといえば、イギリスの夏の香りのエッセンスともいうべき、エルダーフラワーのコーディアルが大好きです。初夏にイギリスの田舎に行けば、自生するエルダー（西洋ニワトコ）の木にはまるでレースを掛けたように咲く、可憐なクリーム色の花（小さいクリーム色の花が集まる散形花序）が見られます。マスカットに似た芳香を持つその花を、砂糖で作ったシロップに一晩漬けこんで濾《こ》したものが、コーディアルとなります。さわやかな味わいで、夏は炭酸で割って冷たく、冬はお湯で割って温かくして飲めば、風邪や咳にも効用のある飲み物になります。また、コーディアルと並んで、この花を摘んで、砂糖、レモン汁を加えて自家製のエルダー

エルダーフラワー

コーディアル

フラワー・シャンパンなる微発泡の飲み物を作るのもこの季節の楽しみです。日本でも最近ではこのエルダーフラワーの木を育てている人もいますし、オーガニックで作られたイギリス製エルダーフラワーのコーディアルが手に入るようになり、身近になったのはうれしいことです。

イギリスのナニーについて、『不機嫌なメアリー・ポピンズ』(新井潤美著)によると、このように書かれています。

> イギリスのナニーの黄金時代は、十九世紀半ばころから、第二次世界大戦の始まるころだった。ただし、「ナニー」という呼び名そのものが一般的になったのは、一九二〇年代だと言われている(それまでは「ナース」〔乳母〕と呼ばれていた)。イギリスでは子供部屋のことをnurseryと呼ぶが、それは家の中で一つの独立した空間であり、ナニーがその支配者であった。子供は生まれたころからナニーの手に渡され、食事からトイレの躾まですべてがナニーの手に任される。……完全に両親の代わりとなるのである。

イギリスの階級社会、とくに中産階級以上の富裕層には、身内よりも人の手で育てられたほうが立派に育つという考えが強くあったようです。

バンクス家に雇われたメアリー・ポピンズはナニーという職業に誇りを持ち、子どもたちを教育する義務を担っているわけです。

フンと鼻をならし、子どもたちには厳しく指図をし、決して愛想がいいとはいえないメアリー・ポピンズですが、子どもたちの世話やしつけをきちんとする様子はプロとしての威厳に満ちています。あくまでも子どもたちと一線を画しながらも、温かく見守るまなざしがあります。「世界じゅうで、メアリー・ポピンズだけいれば、いいんだ！」とマイケルに言わせるその魅力には、表には見せない優しさ、そしてその不思議な力も大いに影響していることでしょう。

作者のP・L・トラヴァースは、スコットランド系の母とアイルランド系の父を持ち、一八九九年にオーストラリアの北東部クイーンズランドに生まれました。ケルト民族の血を両親から受け継いでいるだけあって、古い妖精物語などケルトの伝承文学に陶酔したトラヴァースは、W・B・イエイツをはじめとするケルトの詩人たちと交流し、その影響を受けるようになります。

イエイツの『ケルト妖精物語』の訳者あとがきによると「アイルランドの目に見えぬ世界は、現世と全く次元を異にしたところに存在するのではなく、家の裏手の森の中、丘の中腹、泉の底等この地にすぐ隣接しており、いわば現実に直結して存在しているので、妖精たちとふと、森の小径や月明りの野原で、出会うかも知れないのである。」と書かれています。ここから考えてみると、メアリー・ポピンズで描かれる、絵の中でのアフタヌーン・ティーや空中でのお茶会、動物たちとのおしゃべりなどは、日常の魔法、そしてあたりまえの日常の中に存在するもうひとつの

フィドル、アコーディオン、
バンジョーで奏でるアイルランドの伝統音楽。
パブのような憩いの場にも音楽は欠かせない

7種の緑があるというアイルランド。
その豊かな緑のなかで妖精物語が
はぐくまれていった

不思議な世界と考えられるのかもしれません。

「おくさま。上流の方たちのお宅では、一週おきの木曜日で、一時から六時です。わたくしは、そうさせていただきます。でなければ――」

――『風にのってきたメアリー・ポピンズ』

そのお休みの日、メアリー・ポピンズは友だちのマッチ売りのバートに会いに、いそいそと出かけて行きます。バンクス夫人や子供たちに対するきりっとした態度とは違い、ナニーという責任ある職務から離れて、ひとりのチャーミングな女性メアリー・ポピンズがそこにいます。ふたりはバートが舗道に描いた絵の中に入り、アフタヌーン・ティーを楽しむのです。そこはメアリー・ポピンズがいうところの「おとぎのくに」です。緑のテーブルの上には、お休みの日にいつも二人で食べる、メアリー・ポピンズの大好きな木イチゴ・ジャムのケーキが彼女の腰の高さ程に積まれ、しんちゅうのポットには熱々の紅茶が用意されています。

メアリー・ポピンズの大好きな木イチゴとはラズベリーのこと。イギリスではロンドンのような都会でも小道沿いの生け垣などに野生のラズベリーが実っているのが見られるほど身近な存在です。初夏になればあちらこちらの農場では「ピック・ユア・オウン」という看板が掲げられます。畑で栽培されたラズベリーをはじめ、イチゴ、ブラックベリーなど自ら好きなだけ摘んだ実を、量り買いするというシス

メアリー・ポピンズが
マッチ売りのバートと楽しむ
「おとぎのくに」でのお茶の時間。
山のように盛られた
木イチゴ・ジャムのケーキも見られる
『風にのってきたメアリー・ポピンズ』より
(メアリー・シェパード絵)

テムです。

摘みたてのラズベリーにクリームと砂糖をかけて食べるのが、この季節の何よりのごちそう。宝石のように美しく、イギリスの太陽の味わいがします。自分で摘むので、店で買うよりも、新鮮で安く手に入るため、ジャムを作るのにベリー摘みに行く人も多いのです。特にラズベリーはがくから実がすっと抜けるように採れるのが面白く、ついつい摘みすぎてしまうほどです。

ラズベリーは、栽培されるようになるずっと前から、ヨーロッパでは何千年にもわたって野生のものが自生していました。中世では、写本の彩色にこの果汁が使われましたし、イギリスでは、薬として、特に目の病気、胃腸の不調に使われてきた歴史があります。

ジャムにするとイチゴより一層赤くきれいなジャムになるラズベリー。ビクトリア・スポンジというビクトリア女王が好んだケーキも、バターケーキにこのジャムを挟むのが定番になっています(本書六四頁参照)。ジャムタルトやトライフルといったお菓子にもこのラズベリージャムは欠かせません。

メアリー・ポピンズは、通りの左右をじっと見て、思案をしているふうでしたが、やがて、きゅうに決心がついたように、ぶっきらぼうにいいました。

「魚屋！」そして、乳母車をまわして、肉屋さんのとなりの店にはいりました。

「ドーヴァ・カレイ一つ、ヒラメ一ポンド半、クルマエビ一パイント、イセ

ラズベリー

「ピック・ユア・オウン」で摘んだラズベリー

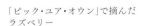

エビを一つ、ください。」とメアリー・ポピンズはいいました。たいへんはやくちで、こんな注文になれている人でもなければ、ききとれないくらいでした。

双子をのせた乳母車を押しながら、ジェインとマイケルを連れて買い物に出かけたメアリー・ポピンズ。ソーセージを買いに肉屋さんに寄った後に入ったのはその隣の魚屋さんでした。

日本同様、周囲を海に囲まれたイギリス。どの地点をとっても海岸線から百キロメートルと離れておらず、東に世界三大漁場のひとつの北海をひかえ、しかもいたるところに魚が取れる大小の川が流れているという環境。魚が豊富でないわけがありません。ところがイギリスに住んでみると、意外なことにスーパーマーケットなどの魚売り場では、肉より値段が高く、売っている魚の種類が少ないことに驚きます。肉売り場のケースに比べたら、魚売り場のケースの広さはその三分の一ほどでしょうか。

メアリー・ポピンズの買う魚についてみてみましょう。まずドーヴァ・カレイですが、原文ではドーヴァ・ソールで、名前の通り、ドーヴァー海峡を中心に取れる身のしまった大きなシタビラメのこと。高級魚で、スーパーマーケットではなかなかお目にかかることはありません。レストランでも、家庭同様、バターを使って焼き、レモンを搾って、その持ち味を楽しむのがイギリス流。ヒラメは、原文ではハ

イギリスの魚屋さん

リバット、北洋産の大カレイのことです。

白身魚には、ソールと呼ばれるヒラメの類、ハドック、コッドなどのタラ類、ハリバット、プレイスなどのカレイ・オヒョウ類などの種類があり、私も最初はどれを選んでよいのかわからずに困ったものでした。

そんな私がイギリスの魚を知ることができたのは、住んでいたウィンブルドンに白いバンでやってくる魚屋さんのおかげでした。

この移動魚屋さんは、リサとジョーという三〇代の若い夫婦がやっていました。毎週火曜日に、グリムズビーというイギリス北部リンカンシャー地方の町から、北海で取れた魚を積んで、はるばるロンドンまでやってくるのでした。バンの後ろのドアをあけると、魚がぎっしりと並ぶ店先になります。ただし日本のように魚を一切れずつ切ったものは並んでいません。半身、もしくは一匹のまま並んでいて、注文があるたびに好きなだけ切ってくれるのです。ムール貝やエビやカニ、イカなどの魚介類、スモークサーモンなども並んでいました。この魚屋さんで買うドーヴァ・ソールは、新鮮そのもの。ムニエルにするばかりに下ごしらえもしてくれます。

こうした白身魚を使った料理では、フィッシュ・アンド・チップスが、イギリスでもっとも庶民的な魚料理として、またファストフードとして有名です。白身魚の切り身に、小麦粉、卵黄、ビール、牛乳などで作った衣をつけて揚げたものですが、これに、チップスと呼ばれる、拍子木切りにして揚げたジャガイモが添えられます。塩とモルト・ビネガー(麦芽酢)をふりかけるのが定番。以前は新聞紙でくるむのが

フィッシュ・アンド・チップス

バンでやってくる魚屋さん

お決まりでしたが、文字を刷るインクに人体に有害となる鉛が入っているため禁止になりました。代わりにわら半紙のような茶色い無地の紙にくるんだりすることが多くなりました。

このフィッシュ・アンド・チップスには安価なタラ(コッド)が使われることがほとんどですが、店によっては、魚の種類を選べるところもあります。そもそもは一九世紀中頃、食事に帰宅できない工場労働者のために腹持ちのいい食事として考え出されたものですが、産業革命時に急速に整備された鉄道のおかげで、ミッドランド・ディストリクトやリンカンシャーなどの地方からジャガイモや魚が大都市に運ばれるようになり、食文化として定着することとなったのです。

> 店へはいると、なかはうすぐらくて、そこには上にガラスのついたカウンターが、ぐるっと三方においてあるのが見えました。そして、ガラスのしたの、ひらたい箱のなかには、色の黒い、かわいた、ジンジャー・パンが、いく列もいく列も、ならべてありました。その、たいらな、一つ一つのお菓子には、金色の星かざりがいちめんについていて、そのかがやきのために、店のなかが、ほんのりあかるく見えるかと思われるほどでした。

魚屋さんの次に寄ったのは、ジンジャーブレッド(日本語訳ではジンジャー・パン)を売る「たいへん小さな、たいへんみすぼらしい店」でした。

ジンジャーブレッド。
しっとりしたケーキタイプのもの

ジンジャーブレッドと呼ばれるジンジャーの入ったケーキは、イギリスを代表する家庭菓子です。また、ドイツ、スイス、オランダ、フランス、アメリカなど世界の各国でも様々な形、味わいとなって愛されています。

ジンジャー、つまり生姜は、古代中国で薬用植物として栽培されてきました。中国で書かれた『神農本草経』に薬として記されているといいます。生姜の薬効には解毒作用をはじめ、食欲を増進させ、消化を助ける健胃効果、体を温める効果などがあり、今も風邪のときに生姜湯や紅茶に入れて飲んだりもします。日本には二六〇〇年ほど前に呉の国から伝わりました。『古事記』には「クレノハジカミ」と記され、奈良時代から栽培が始められていたことがわかります。

生姜は、西暦二世紀にはエジプトに伝わり、古代ローマ帝国が手に入れていましたが、料理用ではなく主に薬品として尊ばれていたようです。イギリスへは七世紀頃のアングロ・サクソン時代に伝わり、中世には保存用の肉の悪臭を消して美味しく食べるために、コショウ同様に使われていました。かのヘンリー八世は、ペストに対する抵抗力をつけるため生姜で作った調合薬を飲んでいたとか。この頃には砂糖漬けの生姜が菓子として食べられるようにもなり、ジンジャーブレッドもこの時代にその歴史がさかのぼるともいわれています。

ヨーロッパでは、ジンジャーブレッドという言葉は、保存のための乾燥した生姜のことを指すこともあったようです。熱帯アジア原産の生姜はヨーロッパでは育たないため、干したものを粉末にして使ったこともあったのでしょう。乾燥させたも

湖水地方の町、グラスミアにあるジンジャーブレッドの店、
「セイラ・ネルソンのジンジャーブレッド」

のの方が薬効が高いとされています。

愛らしい形のジンジャーブレッドマンを最初に作ったのはエリザベス一世と言われています。高官を訪ねる時にその人物に似せたジンジャーブレッドマンを作り、渡していたとか。同時代に活躍したウィリアム・シェイクスピアは『から騒ぎ』のなかでジンジャーブレッドを登場させています。

民族の移動とともにヨーロッパ各地でジンジャーブレッドは根付き、各国さまざまなタイプのものが作り続けられているのが興味深いところですが、イギリス国内だけ見てもケーキ風の柔らかいもの、ビスケットタイプの硬いものがあります。

湖水地方の町、グラスミアで今も焼き続けられているジンジャーブレッドは、ビスケットタイプのもの。かつて湖水地方を山越えして歩く人々のエネルギー源として重宝され、ポケットに入れても崩れないように硬く焼かれました。一八五四年にセイラ・ネルソンという女性が、ワーズワースが眠る教会の隣にある小さな家で売りはじめ、今もそのままに伝わるこのジンジャーブレッドの人気は衰えることがありません。三人も入ればいっぱいになってしまう小さな店にはいつも行列ができています。奥の台所からはジンジャーブレッドを焼く良い匂いが漂ってきます。この店のレシピは門外不出、ナショナル・ウェストミンスター銀行に大切に保管されているといいます。

さて、お話の中でコリーおばさんが「アルフレッド大王にならったやりかた」で作ったジンジャーブレッドはどんな味わいなのでしょう。アルフレッド大王といえ

ポケットに入れて歩いても
割れないというだけあって、
しっかりと硬い焼きあがりの
セイラ・ネルソンのジンジャーブレッド

ば、八七一年から八九九年までイングランド七王国のウェセックス王として君臨した、アングロ・サクソン時代最大の王。百年にも及ぶ北欧ヴァイキングの侵略を食い止め、衰退したキリスト教文化を復興し、学校設立など教育への尽力に対しての評価も高い人物です。そして、コリーおばさんがいうには「料理がたいへん上手」ということですから、さぞかし美味しいレシピに違いありません。この人物を知るというコリーおばさんの年齢は、いったい何歳になるのか、もはや人間では生きているはずがないほどの高齢ですから、何者なのかがとても気になるところです。

コリーおばさんのジンジャーブレッドについていた金色の星かざりは、メアリー・ポピンズとコリーおばさんたちで夜空にのり付けして、まるで魔法のように本物の輝く星になります。考えてみると、たとえ落ちこんでいても心を幸せにしてくれるお菓子や食べ物も、そんな日常の中にある魔法のひとつなのかもしれません。

星の飾りがついたコリーおばさんの
ジンジャーブレッド。
この飾りが夜空の輝く星になる
『風にのってきたメアリー・ポピンズ』より
（メアリー・シェパード絵）

風にのってきたメアリー・ポピンズ
✦RECIPE

ジンジャーブレッド

Gingerbread

材料 ＊18 cm の角型 1 個分

- 無塩バター……120 g
- ゴールデンシロップ（ハチミツでも）……60 g
- モラセス（黒蜜などでも）…… 60 g
- ブラウンシュガー……120 g
- ジンジャー粉……小さじ 1
- シナモン粉……小さじ 1 1/2
- 卵……1 個（L サイズ）
- 薄力粉……180 g
- 重曹……小さじ 1
- 牛乳……140 ml
- レモンピール（飾り用）……適量

1. 型にベーキングシートを敷いておく。あらかじめオーブンは 150 度に温めておく。

2. 鍋に無塩バター、ブラウンシュガー、ゴールデンシロップ、モラセスを合わせて弱火にかけ、ゆっくりと溶かす。

3. 人肌程度に冷めたら、2 の鍋に卵を溶いて加え、ゴムベラでよく混ぜる。次に、薄力粉、ジンジャー粉、シナモン粉を合わせてふるい入れ、最後に温めた牛乳に重曹を加えてよく混ぜ合わせたものを加え、全体をよく混ぜ合わせる。

4. 1 で用意した型に流し入れ、あらかじめ温めておいた 150 度のオーブンに入れて、40 分程度、中央に竹串を刺して生地がつかなくなるまで焼く。焼けたら型に入れたまま冷まし、その後ラップに包んで保存する。焼いてから 1､2 日たったものがしっとりとして美味しい。好みの大きさに切り分け、星形に抜いたレモンピールをかざる。

ブックリスト

ライオンと魔女

Brian Sibley & Alison Sage, A *Treasury of NARNIA*, Harper Collins Children's Books, 1999

マイケル・ホワイト『ナルニア国の父　C.S. ルイス』中村妙子訳　岩波書店　2005

たのしい川べ

『物語が生まれる不思議　斎藤惇夫氏講演録』川口あそびと読書連絡協議会　2011

Sara Paston-Williams, *The National Trust Book of Christmas and Festive Day Recipes*, Penguin Books, 1983

Isabella Mary Beeton, *Mrs Beeton's Book of Household Management*, S. O. Beeton Publishing, 1861

秘密の花園

Susan Campbell, *Walled Kitchen Gardens*, Shire publications Ltd., 1998

Hannah Glasse, *The Art of Cookery Made Plain and Easy*, 1747 (reprinted by Prospect Books 1983)

エイミー・コトラー・プレデンス・シー『秘密の花園クックブック』北野佐久子訳　東洋書林　2007

春山行夫『花ことば——花の象徴とフォークロア 1.2』平凡社　1986

鳥山淳子『もっと知りたいマザーグース』スクリーンプレイ　2002

リンゴ畑のマーティン・ピピン

石井桃子『児童文学の旅』岩波書店　1981

エリナー・ファージョン『ファージョン自伝——わたしの子供時代』中野節子監訳、広岡弓子・原山美樹子訳　西村書店　2000

アナベル・ファージョン『エリナー・ファージョン伝——夜は明けそめた』吉田新一・阿部珠理訳　筑摩書房　1996

Rosie Sanders, *The Apple Book (RHS)*, Frances Lincoln, 2014

クマのプーさん　プー横丁にたった家

クリストファー・ミルン『クマのプーさんと魔法の森』石井桃子訳　岩波書店　1977

石井桃子「プーと私」『石井桃子コレクションV　エッセイ集』所収　岩波現代文庫　2015

猪熊葉子文・中川祐二写真『クマのプーさんと魔法の森へ』求龍堂　1993

川北稔『砂糖の世界史』岩波ジュニア新書　1996

磯淵猛『一杯の紅茶の世界史』文春新書　2005

ツバメ号とアマゾン号

Roger Wardal, *In Search of Swallows and Amazons: Arthur Ransome's Lakeland*, Sigma Leisure, 2006

Jane Pettigrew, *The Festive Table*, Pavilion Books Ltd., 1990

Arthur Ransome, *Swallows and Amazons*, Random House children's Books, 1993

Alan Davidson, *The Oxford Companion to Food*, Oxford University Press, 1999

ジョイス・L. ブリスリー『ミリー・モリー・マンデーのおはなし』上条由美子訳　福音館書店　1991

ビアトリクス・ポター『キツネどんのおはなし』石井桃子訳　福音館書店　1988

ビアトリクス・ポター『「ジンジャーとピクルズや」のおはなし』石井桃子訳　福音館書店　1973

アガサ・クリスティー『バートラム・ホテルにて』乾信一郎訳　ハヤカワ・ミステリ文庫　1976

時の旅人

デニス・ジャッド『物語の紡ぎ手　アリソン・アトリーの生涯』中野節子訳　JULA 出版局　2006

佐久間良子『アリソン・アトリー(現代英米児童文学評伝叢書 6)』KTC 中央出版　2007

北野佐久子編『基本 ハーブの事典』東京堂出版　2005

ピーターラビットの絵本

The Journal of Beatrix Potter from 1881 to 1897, Transcribed from her code writing by Leslie Linder Frederick Warne & Co.Ltd., 1966

ニコラ・ハンブル『ケーキの歴史物語』堤理華訳　原書房　2012

新井潤美『魅惑のヴィクトリア朝——アリスとホームズの英国文化』NHK 出版新書　2016

ジュディ・テイラー『ビアトリクス・ポター——描き、語り、田園をいつくしんだ人』吉田新一訳　福音館書店　2001

北野佐久子『ビアトリクス・ポターを訪ねるイギリス湖水地方の旅』大修館書店　2013

トムは真夜中の庭で

Philippa Pearce, *The Garden of the King's Mill House, Great Shelford*, Book Production Consultants Plc, 1994

平野敬一『マザー・グースの唄——イギリスの伝承童謡』中公新書　1972

くまのパディントン

Mary Ann Pike, *Town & Country Fare & Fable*, David & Charles Ltd., 1978

ジャネット・クラークソン『パイの歴史物語』竹田円訳　原書房　2013

チャールズ・ディケンズ『クリスマス・キャロル』脇明子訳　岩波少年文庫　2001

アガサ・クリスティー『クリスマス・プディングの冒険』橋本福夫訳　ハヤカワ・ミステリ文庫　1985

北野佐久子『ハーブ祝祭暦』教文館　2010

風にのってきたメアリー・ポピンズ

L.M. モンゴメリ『赤毛のアン』村岡花子訳　新潮文庫　2008

新井潤美『不機嫌なメアリー・ポピンズ——イギリス小説と映画から読む「階級」』平凡社新書　2005

W.B. イエイツ編『ケルト妖精物語』井村君江編訳　筑摩書房　1986

『週刊朝日百科世界の食べもの　イギリス 1』朝日新聞社　1981

村上志緒編『日本のハーブ事典』東京堂出版　2002

北野佐久子

東京都出身。立教大学英米文学科卒。
在学中から児童文学とハーブに関心を持ち、
日本人初の英国ハーブソサエティーの会員となり、研究のために渡英。
結婚後は、4年間をウィンブルドンで過ごす。
児童文学、ハーブ、お菓子などを中心にイギリス文化を紹介している。
英国ハーブソサエティー終身会員、
ビアトリクス・ポター・ソサエティー会員。
編著書：『基本 ハーブの事典』(東京堂出版)
『ビアトリクス・ポターを訪ねるイギリス湖水地方の旅』(大修館書店)
『ハーブ祝祭暦』(教文館)
『イギリスのお菓子　楽しいティータイムめぐり』
『美しいイギリスの田舎を歩く！』(以上、集英社 be 文庫)
『イギリスのお菓子とごちそう――アガサ・クリスティーの食卓』
『イギリスのお菓子と本と旅――アガサ・クリスティーの食卓』
『イギリスのお菓子と暮らし』(以上、二見書房)など多数。

物語のティータイム
お菓子と暮らしとイギリス児童文学

2017年7月19日　第1刷発行
2024年7月16日　第4刷発行

著 者
北野佐久子《きたのさくこ》

発行者
坂本政謙

発行所
株式会社 岩波書店
〒101-8002 東京都千代田区一ツ橋2-5-5
電話案内 03-5210-4000
https://www.iwanami.co.jp/

印 刷
精興社

製 本
松岳社

ISBN 978-4-00-061205-0
Printed in Japan